TASCHEN
BUCH

Astrid Lindgren wurde 1907 im schwedischen Småland geboren und starb 2002 in Stockholm. Die „bekannteste Kinderbuchautorin der Welt" (DIE ZEIT) wurde u.a. mit dem Friedenspreis des Deutschen Buchhandels, dem Alternativen Nobelpreis, dem Schwedischen Staatspreis für Literatur sowie dem Hans-Christian-Andersen-Preis ausgezeichnet.

Astrid Lindgren

Wir Kinder aus Bullerbü

Mit Illustrationen von
Ilon Wikland

Aus dem Schwedischen von
Else von Hollander-Lossow

Oetinger Taschenbuch

MIX
Papier aus verantwortungsvollen Quellen
FSC® C014496

Das Papier dieses Buches ist FSC-zertifiziert und wurde von Arctic Paper Mochenwangen aus 25% de-inktem Altpapier und zu 75% aus FSC-zertifiziertem Holz hergestellt.
Der FSC ist eine nicht staatliche, gemeinnützige Organisation, die sich für eine ökologische und sozialverantwortliche Nutzung unserer Wälder einsetzt.

Sonderausgabe
1. Auflage 2011
Oetinger Taschenbuch GmbH, Hamburg
April 2011

Deutsch von Else Hollander-Lossow
Umschlagbild und Illustrationen: Ilon Wikland
Druck: GGP Media GmbH, Pößneck
ISBN 978-3-8415-0058-8

www.astrid-lindgren.de
www.oetinger-taschenbuch.de

Inhalt

Wir Kinder aus Bullerbü

Ich heiße Lisa. Ich bin ein Mädchen. Das hört man übrigens auch am Namen. Ich bin sieben Jahre alt und werde bald acht.

Manchmal sagt Mama: »Du bist ja mein großes Mädchen, du kannst mir also heute beim Abwaschen helfen.«

Und manchmal sagen Lasse und Bosse: »Kleine Mädchen dürfen nicht mit uns Indianer spielen. Du bist zu klein.«

Daher weiß ich nicht, ob ich eigentlich groß oder klein bin. Wenn die einen finden, dass man groß ist, und andere, dass man klein ist, so ist man vielleicht gerade richtig.

Lasse und Bosse sind meine Brüder. Lasse ist neun Jahre alt und Bosse acht.

Lasse ist mächtig stark und kann viel schneller rennen als ich. Aber ich kann genauso schnell rennen wie Bosse.

Manchmal, wenn Lasse und Bosse mich nicht dabeihaben wollen, hält Lasse mich fest, während Bosse ein Stück läuft, damit er einen Vorsprung bekommt. Dann lässt Lasse mich los und rennt mir ganz einfach davon.

Ich habe keine Schwester. Das ist schade. Jungen sind so anstrengend.

Wir wohnen auf einem Hof, der Mittelhof heißt. Er heißt so,

weil er zwischen zwei anderen Höfen liegt. Die anderen Höfe heißen Nordhof und Südhof. Alle drei Höfe liegen in einer Reihe. Sie sehen so aus:

In Wirklichkeit sind sie nicht genau so, wie ich sie hier zeichne, aber das liegt daran, dass ich nicht so gut zeichnen kann.

Auf dem Südhof wohnt ein Junge, der heißt Ole. Er hat gar keine Geschwister. Aber er spielt mit Lasse und Bosse. Er ist acht Jahre alt und kann auch schnell rennen.

Aber auf dem Nordhof wohnen Mädchen. Zwei Mädchen. Ein Glück, dass sie nicht auch Jungen sind!

Sie heißen Britta und Inga. Britta ist neun Jahre alt und Inga ist genauso alt wie ich. Ich mag sie beide gleich gern. Nein, vielleicht mag ich Inga ein ganz klein bisschen lieber als Britta.

Mehr Kinder gibt es nicht in Bullerbü. So heißt nämlich das Dorf. Es ist ein sehr kleines Dorf. Da sind nur die drei Höfe: der Nordhof, der Mittelhof und der Südhof. Und nur sechs Kinder: Lasse und Bosse und ich und Ole und Britta und Inga.

Brüder sind anstrengend

Früher wohnten Lasse, Bosse und ich zusammen in einem Zimmer. Es war das rechte Giebelzimmer, das neben der Rumpelkammer liegt. Jetzt wohne ich in dem linken Giebelzimmer, das früher Großmutter gehörte. Aber davon will ich später erzählen.

Manchmal ist es sehr schön, im selben Zimmer zu schlafen wie die Brüder. Aber nur manchmal. Es war schön, wenn wir abends im Bett lagen und uns Spukgeschichten erzählten. Aber es war auch unheimlich. Lasse weiß so schreckliche Spukgeschichten, dass ich lange, lange hinterher den Kopf unter das Deckbett stecken musste.

Bosse kann keine Spukgeschichten erzählen. Er kann nur von all den Abenteuern reden, die er erleben will, wenn er groß ist. Dann fährt er nach Amerika, wo die Indianer wohnen, und wird Indianerhäuptling.

Eines Abends, als Lasse so eine gräuliche Spukgeschichte von einem Gespenst erzählt hatte, das in einem Haus umging und alle Möbel umstellte, hatte ich solche Angst, dass ich dachte, ich würde sterben. Es war schon beinah ganz dunkel im Zimmer und mein Bett stand weit entfernt von Lasses und Bosses Bett.

Und plötzlich begann ein Stuhl hin und her zu rutschen. Ich

dachte, das Gespenst wäre in unser Haus gekommen und stellte die Möbel um, und da schrie ich, so laut ich konnte. Gleich darauf hörte ich Lasse und Bosse in ihren Betten kichern. Und da hatten sie doch einen Bindfaden am Stuhl festgebunden und lagen jeder in seinem Bett und zogen an dem Bindfaden, dass der Stuhl hüpfte! Das sah ihnen ähnlich. Zuerst wurde ich furchtbar wütend, aber dann musste ich doch lachen.

Wenn man mit seinen Brüdern im selben Zimmer wohnt und die Brüder größer sind als man selbst, darf man auch nie etwas bestimmen.

Immer bestimmte Lasse, wann abends das Licht ausgemacht werden sollte. Wenn ich noch Bilder in einem Buch angucken wollte, verlangte Lasse, dass wir das Licht ausmachten und Spukgeschichten erzählten. Wenn ich müde war und schlafen wollte, wollten Lasse und Bosse lieber Bilderlotto spielen. Lasse kann in seinem Bett liegen und das Licht ausmachen, wann er will, denn er hat an dem Schalter, an dem man dreht, wenn man das Licht ausmacht, eine Pappscheibe befestigt und an der Pappscheibe ist eine Schnur, die zu seinem Bett führt. Es ist eine sehr merkwürdige Einrichtung, aber ich kann sie nicht richtig beschreiben. Denn ich will ja nicht Drehrumdiebolzen-Ingenieur werden, wenn ich groß bin. Aber Lasse will das werden, sagt er. Ich weiß nicht, was ein Drehrumdiebolzen-Ingenieur ist, aber Lasse sagt, man muss Pappscheiben an Lichtschaltern anbringen können, wenn man so etwas Feines werden will.

Bosse will Indianerhäuptling werden. Das hat er jedenfalls früher gesagt. Neulich hörte ich ihn jedoch sagen, dass er Lokomotivführer werden will. Vielleicht hat er es sich anders überlegt.

Ich weiß nicht recht, was ich werden will. Vielleicht eine Mama. Denn ich mag ganz kleine Kinder so gern. Ich habe sieben Puppen, deren Mama ich bin. Aber es wird nicht lange dauern, bis ich zu groß bin, um mit Puppen zu spielen. Oh, wie langweilig muss es sein, wenn man groß ist!

Meine schönste Puppe heißt Bella. Sie hat blaue Augen und blondes, lockiges Haar. Sie schläft in einem Puppenbett mit rosa Kissen und rosa Laken, die Mama genäht hat. Als ich Bella einmal aus dem Bett nehmen wollte, hatte sie einen Schnurrbart und einen Backenbart. Lasse und Bosse hatten ihr den Bart mit einem Stück Holzkohle gemalt. Ich bin froh, dass ich jetzt nicht mehr mit ihnen in einem Zimmer wohne.

Wenn man in Lasses und Bosses Zimmer aus dem Fenster guckt, kann man genau in Oles Zimmer hineinsehen. Er wohnt

auch in einem Giebelzimmer und der Mittelhof und der Südhof liegen schrecklich dicht beieinander. Es sieht aus, als ob die Häuser sich gegenseitig schubsen, sagt Papa. Er meint, die Leute, die sie einmal gebaut haben, hätten etwas mehr Raum dazwischen lassen können. Aber das finden Lasse, Bosse und Ole nicht. Sie finden es gut so, wie es ist. Zwischen dem Mittelhof und dem Südhof ist ein Zaun. Mitten im Zaun wächst ein großer Baum. Es ist eine Linde, sagt Papa. Die Linde streckt ihre Zweige bis zu Lasses und Bosses Fenster und auch bis zu Oles Fenster. Wenn Lasse und Bosse und Ole sich besuchen wollen, klettern sie nur durch die Linde. Das geht viel schneller, als wenn sie die Treppe hinunterlaufen, durch die Gartenpforte hinaus, zur nächsten Gartenpforte hinein und die Treppe hinauf.

Einmal hatten unser Papa und Oles Papa beschlossen, die Linde zu fällen, weil es in den Zimmern so dunkel war. Aber da machten Lasse, Bosse und Ole so ein Theater, dass die Linde stehen bleiben durfte. Und so blieb sie stehen. Und da steht sie heute noch.

Mein allerschönster Geburtstag

Ich finde, mein Geburtstag und der Weihnachtsabend sind die beiden schönsten Tage im ganzen Jahr.

Meinen allerschönsten Geburtstag hatte ich, als ich sieben Jahre alt wurde. Das war so:

Ich wachte früh auf. Ich wohnte damals in Lasses und Bosses Zimmer. Lasse und Bosse schliefen noch. Ich habe ein Bett, das knarrt, und ich drehte mich immerzu hin und her. Es sollte ganz laut knarren, damit Lasse und Bosse aufwachten. Ich konnte sie ja nicht rufen, denn wenn man Geburtstag hat, muss man tun, als ob man schläft, bis man das Frühstück ans Bett gebracht bekommt. Und da lagen sie in den Betten und schliefen, anstatt an meinen Geburtstag zu denken. Ich knarrte so laut mit dem Bett, dass Bosse sich schließlich aufrichtete und sich die Haare raufte.

Dann weckte er Lasse und sie schlichen hinaus und die Treppe hinunter. Ich hörte Mama unten in der Küche mit den Kaffeetassen klappern und ich konnte vor lauter Spannung fast nicht still liegen.

Endlich hörte ich Getrampel auf der Treppe. Ich kniff die Augen so fest zu, wie ich nur irgend konnte. Und dann ging die Tür auf und da standen Papa und Mama und Lasse und Bosse und Agda. Agda ist unser Hausmädchen. Mama trug das Tablett. Darauf stand eine Tasse Kakao, eine Vase mit Blumen und eine Torte. Die hatte Agda gebacken. Auf der Torte stand in Buchstaben aus Zuckerguss:

Lisa 7 Jahre

Aber Geschenke waren nicht dabei, sodass ich schon fand, es wäre kein richtiger Geburtstag. Da sagte Papa:

»Trink jetzt deinen Kakao. Dann wollen wir sehen, ob wir ein Geschenk für dich finden können.«

Ich begriff, dass es eine Überraschung sein sollte, und ich trank, so schnell ich konnte. Dann band Mama mir ein Handtuch vor die Augen und Papa drehte mich immer im Kreis herum, und dann nahm er mich auf den Arm und trug mich hinaus, ohne dass ich auch nur ein bisschen sehen konnte. Ich hörte, dass Lasse und Bosse nebenherliefen, und ich fühlte es auch, denn manchmal kniffen sie mich in die Zehen und sagten:

»Rate mal, wo du bist!«

Papa ging mit mir die Treppe hinunter und ging immer im Kreis herum. Einmal merkte ich, dass wir im Freien waren, und gleich darauf stiegen wir wieder eine Treppe hinauf. Schließlich nahm Mama mir das Handtuch ab. Und da waren wir in einem Zimmer, das ich noch nie zuvor gesehen hatte. Wenigstens glaubte ich, ich hätte es noch nie gesehen. Aber als ich aus dem Fenster guckte, sah ich ganz nah den Giebel des Nordhofes und am Fenster standen Britta und Inga und winkten mir zu.

Da begriff ich, dass ich in Großmutters altem Zimmer war und dass Papa nur so lange mit mir herumgegangen war, um mich zu verwirren. Großmutter hat bei uns gewohnt, als ich klein war. Aber vor einigen Jahren ist sie zu Tante Astrid gezogen. Später hatte Mama ihren Webstuhl in diesem Zimmer stehen, mitten zwischen großen Flickenhaufen, aus denen sie unsere Teppiche webte. Aber jetzt gab es keinen Webstuhl oder Flickenhaufen mehr. Es war jetzt ein so feines Zimmer, dass ich dachte, ein Zauberer müsse das alles gemacht haben. Mama sagte, es sei wirklich ein Zauberer gewesen, und dieser Zauberer sei Papa. Er habe ein Zimmer für mich gezaubert, das mir ganz allein gehören solle, und das sei mein Geburtstagsgeschenk.

Ich freute mich so sehr, dass ich laut aufschrie. Ich fand, dies war das schönste Geburtstagsgeschenk, das ich je bekommen hatte. Papa sagte, Mama habe ihm beim Zaubern geholfen. Papa hatte die Tapeten gezaubert, oh, so süße Tapeten mit vielen winzig kleinen Blumensträußen, und Mama hatte die Vorhänge vor dem Fenster gezaubert. Papa hatte abends drüben in der Werkstatt für mich eine Kommode, einen runden Tisch, ein Regal und drei Stühle gezaubert und alles weiß gestrichen. Mama hatte die Flickenteppiche gezaubert, die auf dem Fußboden lagen und rote, gelbe, grüne und schwarze Streifen hatten. Ich habe selber gesehen, wie sie sie im Winter webte, aber ich konnte ja nicht wissen, dass sie für mich sein sollten. Ich hatte auch gesehen, dass Papa die Möbel tischlerte, aber Papa macht im Winter immer Möbel für Leute, die selber nicht tischlern können. Ich hatte also nicht einen Augenblick gedacht, dass sie für mich wären.

Lasse und Bosse schleppten sofort mein Bett quer über den Dachboden in mein neues Zimmer, und Lasse sagte:

»Aber wir kommen auf jeden Fall abends zu dir, um dir Spukgeschichten zu erzählen.«

Das Erste, was ich tat, war, dass ich in Lasses und Bosses Zimmer hinüberlief und meine Puppen holte. Ich habe vier kleine Puppen und drei große. Denn ich habe alle Puppen gut aufgehoben, die ich bekommen habe, seit ich klein war. Für die kleinen Puppen baute ich eine Puppenstube in einem Fach des Regals. Zuerst legte ich ein Stück roten Stoff als Teppich hinein, dann stellte ich all meine kleinen, hübschen Puppenmöbel, die ich von Großmutter zu Weihnachten bekommen habe, hinein

und auch die kleinen Puppenbetten und die Puppen selbst. Jetzt hatten sie ihr eigenes Zimmer, genau wie ich, obwohl es gar nicht ihr Geburtstag war. Das große Puppenbett, in dem Bella schläft, stellte ich in eine Ecke dicht neben mein eigenes Bett, und den Puppenwagen mit Hans und Greta stellte ich in eine andere Ecke. Oh, was war es für ein schönes Zimmer – mein Zimmer!

Dann lief ich in Lasses und Bosses Zimmer und holte all die Schachteln und Sachen, die ich noch bei ihnen in der Kommode hatte, und Bosse sagte:

»Herrlich! Jetzt hat man doch etwas mehr Platz für seine Vogeleier!«

Ich habe dreizehn Bücher, die mir gehören. Die habe ich auch in das Regal gestellt und dazu alle meine Schachteln mit Oblaten. Ich habe eine Menge Oblaten. Wir tauschen sie in der Schule. Aber ich habe zwanzig Oblaten, die ich um nichts in der Welt tauschen würde. Die schönste ist ein großer Engel mit einem rosa Kleid und weißen Flügeln.

Ich hatte für alles Platz im Regal.

Es war also wirklich ein wunderschöner Tag, als ich mein eigenes Zimmer bekam.

Mehr von meinem Geburtstag

Aber noch viel mehr Schönes geschah an diesem Tag. Am Nachmittag waren alle Kinder von Bullerbü zur Geburtstagsfeier bei mir. Wir sind ja auch nur sechs. Und um den runden Tisch in meinem eigenen Zimmer konnten gerade sechs sitzen. Wir bekamen Himbeersaft und jeder ein Stück von der Torte, auf der »Lisa 7 Jahre« stand, und noch zwei andere Kuchen, die auch Agda gebacken hatte. Ich bekam Geschenke von Britta und Inga und Ole. Von Britta und Inga bekam ich ein Märchenbuch und von Ole eine Tafel Schokolade. Ole saß neben mir und Lasse und Bosse neckten uns und sagten: »Braut und Bräutigam …!« Das sagen sie bloß, weil Ole nicht zu den albernen Jungen gehört, die nie mit Mädchen spielen wollen. Es ist ihm einerlei, ob sie ihn necken, er spielt trotzdem mit Mädchen, genauso wie mit Jungen. Lasse und Bosse spielen übrigens auch mit Mädchen, wenn sie auch so tun, als ob sie es nicht mögen. Wenn nur sechs Kinder im Dorf sind, müssen sie zusammen spielen, ob es nun Mädchen oder Jungen sind. Fast alle Spiele sind lustiger, wenn wir sechs sind, als wenn wir nur drei sind.

Nach einer Weile gingen die Jungen hinüber, um Bosses Vogeleier anzugucken, und da spielten Britta und Inga und ich mit meinen Puppen.

Ich hatte eine lange, lange Schnur in der Tasche. Als ich sie in meiner Tasche entdeckte und sie hervorzog und sah, wie lang sie war, überlegte ich, ob wir etwas Lustiges damit machen könnten. Wenn wir uns noch eine Schnur besorgten, die ebenso lang wäre, könnte sie bis zu Brittas und Ingas Fenster im Nordhof reichen. Und dann könnten wir uns Briefe in einer Zigarrenkiste schicken. Das mussten wir schnell ausprobieren. Und es ging! Britta und Inga liefen zu sich nach Hause, und dann schickten wir uns eine lange Zeit Briefe. Es war so lustig, wie die Zigarrenkiste an der Schnur hinüberlief.

Anfangs schrieben wir nur: *Wie geht es dir? Mir geht es gut!* Aber dann spielten wir, wir wären Prinzessinnen, die in zwei Schlössern gefangen wären und nicht hinauskönnten, weil Drachen uns bewachten, und Britta und Inga schrieben mir:

Unser Drache ist furchtbar wild und gefährlich. Deiner auch?

Prinzessin Britta
und
Prinzessin Inga

Und ich antwortete:

Ja, mein Drache ist auch furcht=
bar wild und gefährlich. Er beißt
mich, wenn ich versuche aus dem
Schloss zu gehen.
Wie gut, dass wir uns wenigstens
schreiben können.

Prinzessin Lisa

Nach einer Weile rief Mama nach mir. Ich sollte etwas für sie erledigen, und während ich fort war, kamen Lasse, Bosse und Ole in mein Zimmer und sahen die Briefe, und Lasse schickte in der Zigarrenkiste einen Brief ab, in dem stand:

Prinzessin Lisa ist fortgegangen,
weil sie sich die Nase putzen
musste. Aber hier hat sich ein
ganzer Haufen Prinzen ange=
funden.

Prinz Lasse Alexander
Napoleum

Das fanden Britta und Inga furchtbar albern.

Es ist jedenfalls gut, dass mein Zimmer zum Nordhof hinaus liegt, denn Britta, Inga und ich schicken uns oft Briefe. Im Winter, wenn es dunkel ist, geht es nicht so gut. Aber dann geben wir uns stattdessen mit unseren Taschenlampen Blinkzeichen. Wenn ich dreimal blinke, soll das bedeuten: »Kommt sofort her, ich muss euch was erzählen!«

Mama hat gesagt, ich soll mein Zimmer sauber und ordentlich halten. Das tue ich auch, so gut ich kann. Manchmal habe ich Großreinemachen. Dann werfe ich alle Flickenteppiche aus dem Fenster. Agda hilft mir beim Klopfen. Ich habe einen kleinen Teppichklopfer, der mir gehört. Damit klopfe ich sie. Ich putze auch die Türklinke und wische überall Staub und stelle frische Blumen hinein und bringe das Puppenbett und den Puppenwagen in Ordnung. Manchmal vergesse ich aufzuräumen. Dann sagt Mama, ich sei eine Schmutzliese.

Unser letzter Schultag

Oh, ist das schön, wenn der Sommer kommt! Das Schöne fängt damit an, dass wir Schulabschluss haben. Ich hab erst eine Prüfung mitgemacht. Die ist immer vor den Sommerferien.

Das Schöne begann schon am Abend vor der Prüfung. Da schmückten wir das Klassenzimmer mit Blumen und grünen Zweigen. Wir Kinder von Bullerbü pflückten Birkenzweige und Himmelschlüsselchen und Glockenblumen. Wir haben einen weiten Schulweg, denn die Schule liegt in einem anderen Dorf, das Storbü heißt. Es geht ja nicht, dass für nur sechs Kinder eine ganze Schule da ist. Die Blumen waren etwas welk, als wir in der Schule ankamen, aber nicht sehr. Nachdem sie Wasser bekommen hatten, wurden sie wieder frisch. Wir hängten schwedische Fahnen vor die schwarze Wandtafel, zogen quer durch das Klassenzimmer eine Girlande aus Birkenzweigen und stellten überall Blumen hin. Es roch so gut im Klassenzimmer.

Als wir mit dem Ausschmücken fertig waren, übten wir die Lieder, die wir bei der Prüfung singen sollten: »Oh Täler weit, oh Höhen« und »Jetzt kommt der Sommer in das Land«.

Es war schönes Wetter, als wir hinterher nach Hause gingen.

Wir Kinder aus Bullerbü gingen zusammen. Es dauerte sehr lange, bis wir nach Hause kamen.

Lasse sagte, wir dürften nur auf die Steine treten, die am Wegrand lagen. Das war so ein Spiel. Wir spielten, wir würden tot umfallen, wenn wir auf die Erde träten. Ole trat sehr bald auf die Erde und Bosse sagte:

»Jetzt bist du tot!«

»Das bin ich nicht«, sagte Ole. »Seht doch, wie lebendig ich bin!« Und er zappelte mit Armen und Beinen. Da lachten wir alle.

Später kamen wir an einen Holzzaun. Wir kletterten hinauf und balancierten und konnten richtig darauf entlanggehen. Lasse sagte:

»Wer hat eigentlich bestimmt, dass man nur auf dem Weg gehen darf?«

Britta sagte, das habe sicherlich irgendein Erwachsener erfunden.

»Wahrscheinlich«, sagte Lasse.

Wir gingen eine lange, lange Zeit auf dem Zaun, und das war so lustig, dass ich dachte, ich möchte nie mehr auf dem Weg gehen. Da kam ein Mann auf einem Milchwagen und sagte:

»Ja, was ist denn das für ein Krähenschwarm auf dem Zaun?«

Aber am nächsten Tag, als wir zur Prüfung wollten, konnten wir nicht auf dem Zaun gehen, weil wir so fein waren. Ich hatte ein ganz neues Kleid an mit roten Punkten und Britta und Inga hatten blaue Kleider mit Rüschen an. Wir hatten auch neue Haarschleifen und neue Schuhe.

In der Schule waren eine Menge Eltern und hörten zu. Ich

konnte alle Fragen beantworten, die mir gestellt wurden. Aber Bosse sagte, 7×7 wäre 56. Da drehte Lasse sich um und sah ihn streng an. Und da sagte Bosse:

»Ach nein, 46.«

Eigentlich ist es 49. Das weiß ich, obwohl wir noch gar nicht angefangen haben malzunehmen. Aber ich habe gehört, dass die anderen Kinder das gesagt haben. Wir sind nur dreiundzwanzig Kinder in der ganzen Schule, sodass wir alle im selben Klassenzimmer sitzen.

Nachdem wir alle Lieder gesungen hatten, die wir konnten, sagte unsere Lehrerin: »Also auf Wiedersehen. Und euch allen recht schöne Sommerferien.«

Und da war es, als ob irgendetwas in mir vor Freude hüpfte und sprang.

Wir aus Bullerbü hatten alle gute Zeugnisse bekommen. Wir verglichen sie auf dem Nachhauseweg. Bosses war nicht so furchtbar gut, aber auf jeden Fall doch ziemlich gut.

Abends spielten wir Ball auf der Straße. Plötzlich fiel der Ball zwischen die Johannisbeerbüsche. Ich lief hin, um ihn zu suchen, und was glaubt ihr, was ich dort fand? Unter einem Johannisbeerbusch lagen elf Eier. Ich freute mich sehr. Eine von unseren Hennen ist so eigensinnig. Sie denkt gar nicht daran, die Eier im Hühnerstall zu legen. Sie legt sie immer draußen. Lasse und Bosse und ich haben gesucht und gesucht, um herauszufinden, wo sie die Eier legt. Aber sie ist mächtig schlau und passt genau auf, dass wir nicht sehen, wo sie legt. Mama hatte gesagt, wir würden fünf Öre* für jedes Ei bekommen, das wir fänden. Und

* Schwedisches Geld: 1 Krone = 100 Öre

nun hatte ich für fünfundfünfzig Öre Eier gefunden. Aber den Ball fand ich nicht.

»Wir können ja die Eier als Ball nehmen«, sagte Lasse. »Dann gibt es in ganz Bullerbü Rührei.«

Aber ich legte die Eier in meine Schürze, ging mit ihnen zu Mama und bekam fünfundfünfzig Öre. Ich gab jedem von den anderen fünf Öre und steckte das übrige Geld in meine Spar-

büchse, die ich mit einem kleinen Schlüssel zuschließe. Der Schlüssel hängt an einem Nagel ganz hinten im Schrank.

Später fand Inga den Ball und dann spielten wir mehrere Stunden Brennball.

Wir kamen viel später ins Bett als gewöhnlich, aber das machte nichts, denn wir hatten Sommerferien und durften am nächsten Tag so lange schlafen, wie wir wollten.

Wir verziehen Rüben und bekommen drei junge Katzen

Ich bekam später noch mehr Geld in meine Sparbüchse, denn ich half beim Rübenverziehen. Das taten wir alle, alle Kinder in Bullerbü. Eigentlich hätten Lasse und Bosse und ich natürlich die Rüben verziehen müssen, die zum Mittelhof gehörten, und Britta und Inga die, die zum Nordhof gehörten. Und Ole die, die zum Südhof gehörten. Stattdessen halfen wir uns alle gegenseitig bei allen Rüben. Wir bekamen für jede Reihe, die wir verzogen, Geld: vierzig Öre für die langen und zwanzig für die allerkürzesten. Wir hatten Schürzen aus Sackleinen umgebunden, damit uns die Knie nicht wehtaten. Britta, Inga und ich hatten Kopftücher um, sodass wir wie kleine Frauen aussahen, sagte Mama.

Wir hatten eine ganze Blechkanne voll Saft mitgenommen, falls wir durstig werden sollten. Wir wurden auch sofort durstig.

Da nahmen wir lange Strohhalme und steckten sie in die Kanne und lagen auf den Knien und tranken. Es war lustig, den Saft durch den Strohhalm zu saugen, und wir tranken und tranken. Und bald war die Kanne leer. Aber da nahm Lasse die Kanne und lief zur Quelle, die seitwärts im Gebüsch war, und holte Wasser für uns. Und dann tranken wir Wasser. Das war ebenso lustig, schmeckte aber nicht so gut. Zum Schluss legte Ole sich der Länge nach auf die Wiese und sagte:

»Hört ihr, wie es in mir gluckert?«

Er hatte so viel Wasser im Bauch, und wir horchten alle, wie es in ihm gluckerte, wenn er sich bewegte.

Während wir Rüben verzogen, redeten wir die ganze Zeit und erzählten uns gegenseitig Märchen. Lasse versuchte auch, Spukgeschichten zu erzählen, aber Spukgeschichten sind keine Spur unheimlich, wenn die Sonne scheint. Da wollte Lasse, wir sollten versuchen, wer am schlimmsten fluchen könnte. Aber das wollten Britta, Inga und ich nicht mitmachen. Denn unsere Lehrerin hat gesagt, dass nur böse Menschen fluchen. Da ver-

suchte Lasse, allein zu fluchen, aber das machte ihm wohl keinen Spaß, denn er hörte bald wieder auf.

Am ersten Tag, als wir Rüben verzogen, war es am lustigsten. Später wurde es etwas langweiliger, aber wir mussten trotzdem weitermachen, denn die Rüben mussten ja verzogen werden.

Eines Tages, als wir gerade anfangen wollten, sagte Lasse zu Ole: »Petruska saldo bumbum.«

Und Ole sagte: »Kolifink, kolifink.«

Und Bosse sagte: »Moisi doisi fidibum arrarat.«

Wir fragten, was sie damit meinten, und da sagte Lasse, es wäre eine besondere Sprache, die nur Jungen verständen. Es sei für Mädchen viel zu schwer.

»Haha«, sagten wir. »Ihr versteht es ja selber nicht.«

»Natürlich tun wir das«, sagte Lasse. »Das Erste, was ich gesagt hab, bedeutete: Heute ist schönes Wetter. Und dann hat Ole geantwortet: Sicher, sicher! Und schließlich sagte Bosse: So ein Glück, dass die Mädchen das nicht verstehen.«

Sie redeten noch allerhand Unsinn in ihrer Sprache. Schließlich sagte Britta, wir hätten auch eine besondere Sprache, die nur Mädchen verstünden, und dann begannen wir, in dieser Sprache zu sprechen. Wir lagen den ganzen Vormittag im Rübenfeld und sprachen in unseren verschiedenen Sprachen. Ich konnte eigentlich keinen Unterschied bei diesen Sprachen hören, aber Lasse sagte, unsere Sprache sei richtig albern. Die Sprache der Jungen sei viel besser, denn sie sei fast russisch.

»Kolifink, kolifink«, sagte Ole wieder. So viel hatten wir ja von der Sprache der Jungen gelernt, dass wir wussten, dass es »Sicher, sicher« bedeutete. Und jetzt nennen Britta, Inga und ich Ole nie anders als Ole Kolifink.

Eines Nachmittags, als wir wieder einmal mit Rübenverziehen beschäftigt waren, saßen wir auf einem Steinhaufen und tranken unseren Kakao, den wir diesmal mitbekommen hatten, und aßen die Butterbrote, die wir in unserem Korb mitgenommen hatten, und da wurde der Himmel ganz dunkel, und es kam ein furchtbares Gewitter. Es hagelte auch. Es hagelte so sehr, dass richtige Haufen dalagen wie die Schneehaufen im Winter. Da rannten wir los, so schnell wir rennen konnten. Wir

waren barfuß und froren an den Füßen, als wir durch die Hagelhaufen liefen.

»Wir gehen zu Kristin ins Waldhaus«, sagte Lasse.

Wir tun fast immer, was Lasse sagt, und das taten wir jetzt auch. Kristin wohnt in einem kleinen roten Haus, das nicht weit entfernt liegt. Wir liefen dorthin, und zum Glück war Kristin zu Hause.

Kristin ist eine alte Frau, und sie sieht ungefähr aus wie eine Großmutter. Ich habe sie oft besucht. Sie ist immer gut und freundlich zu uns.

»Ach, du meine Güte! Ach, du meine Güte!«, sagte sie und schlug die Hände zusammen. »Oj, oj, oj, ihr armen Kinder!«

Sie zündete ein großes Feuer im Kamin an, den sie in ihrer Stube hat, und dann mussten wir unsere nassen Sachen ausziehen und uns die Füße am Feuer wärmen. Hinterher backte Kristin uns Waffeln in einem Waffeleisen, das sie ins Feuer hielt. Sie kochte auch Kaffee in einem Kessel, der auf einem Dreifuß mitten in der Glut stand.

Kristin hat drei Katzen. Die eine hatte vor einiger Zeit Junge bekommen. Sie lagen in einem Korb und miauten und sahen ganz süß aus. Es waren vier und Kristin sagte, sie müsse sie alle verschenken bis auf eine. Sonst hätte sie das Haus so voller Katzen, dass für sie selber kein Platz mehr bliebe.

»Oh, können wir sie nicht haben?«, rief Inga.

Kristin sagte, das könnten wir gewiss, aber es sei ja nicht sicher, ob es unseren Müttern recht wäre, wenn wir junge Katzen mit nach Hause brächten.

»Alle Menschen mögen doch junge Kätzchen gern«, sagte Britta.

Wir bettelten und baten, ob wir sie nicht bekommen könnten, wenigstens zur Probe. Stellt euch vor, sie reichten gerade für uns alle: ein Kätzchen für den Nordhof, eins für den Mittelhof und eins für den Südhof. Lasse suchte das Kätzchen aus, das wir haben wollten. Es war ein kleines gestreiftes mit einem weißen Fleck auf der Stirn. Britta und Inga bekamen ein ganz weißes und Ole eins, das schwarz war.

Als unsere Kleider trocken waren, gingen wir mit unseren jungen Katzen nach Hause. Ich bin froh, dass die Katzenmutter ein Kätzchen behalten durfte. Sonst hätte sie ja gar kein Kind mehr gehabt.

Wir nannten unser Kätzchen Trille. Britta und Inga nannten ihres Sissa und Ole nannte seines Murre. Keine von unseren Müttern hatte etwas dagegen, dass wir die Kätzchen mit nach Hause gebracht hatten, und wir durften sie behalten.

Ich spielte viel mit Trille. Ich band ein Stück Papier an eine

Schnur und lief damit herum. Und Trille lief hinterher und versuchte es zu fangen. Lasse und Bosse spielten zuerst auch mit ihr, aber es wurde ihnen bald langweilig. Ich war es, die dafür sorgen musste, dass sie etwas zu essen bekam. Sie trank Milch aus einem Schälchen in der Küche. Sie trank nicht so, wie Menschen es tun, sondern steckte die Zunge, die ganz hellrosa war, in die Milch und leckte sie auf. Ich fand einen Korb, in dem sie schlafen konnte. Darin machte ich ihr ein ganz weiches Bett.

Manchmal schleppten wir Trille, Sissa und Murre auf die Wiese, damit sie zusammen spielen konnten. Sie waren ja Geschwister und wollten sich bestimmt gern gegenseitig besuchen.

Ich verdiente neun Kronen und vierzig Öre mit dem Rübenverziehen und steckte alles in meine Sparbüchse, denn ich spare für ein Fahrrad. Ein rotes Fahrrad.

Wie Ole seinen Hund bekam

Ole hat keine Geschwister. Aber er hat einen Hund. Und dann natürlich Murre. Der Hund heißt Swipp. Jetzt will ich erzählen, wie es zuging, dass Ole Swipp bekam, genau so, wie er es uns erzählt hat.

Mitten zwischen Bullerbü und Storbü wohnt ein Schuhmacher, der heißt Nett. Er *heißt* Nett, aber er *ist* nicht nett, wirklich kein bisschen. Nie hat er unsere Schuhe fertig, wenn wir kommen und sie abholen wollen, auch wenn er ganz fest versprochen hat, dass sie fertig sein sollten. Das kommt davon, weil er so viel trinkt, sagt Agda.

Ihm hat Swipp früher gehört. Er war nie nett zu Swipp und Swipp war der schlimmste Hund, den es im ganzen Kirchspiel gab. Immer war er an der Hundehütte angebunden, und wenn man mit den Schuhen zu Nett wollte, kam Swipp aus der Hundehütte herausgestürzt und bellte. Wir hatten Angst vor ihm und wagten uns nicht in seine Nähe.

Wir hatten auch vor dem Schuhmacher Angst, denn er sagte immer: »Kinder sind ein Pack, sie müssten jeden Tag Prügel kriegen.«

Swipp bekam auch sehr oft Prügel, obwohl er ein Hund war und kein Kind. Nett fand vielleicht, Hunde müssten auch jeden

Tag Prügel kriegen. Und wenn Nett betrunken war, vergaß er, Swipp etwas zu fressen zu geben.

Zu der Zeit, als Swipp noch bei dem Schuhmacher war, fand ich immer, er wäre ein hässlicher und bösartiger Hund. Er war so schmutzig und zerzaust und knurrte und bellte in einem fort. Jetzt finde ich, er ist ein freundlicher und hübscher Hund. Ole hat ihn so nett gemacht. Ole ist auch selber immer so freundlich.

Als Ole einmal mit seinen Schuhen zum Schuhmacher wollte, kam Swipp wie gewöhnlich aus der Hundehütte gestürzt und kläffte und sah aus, als ob er beißen wollte. Ole blieb stehen und sprach mit ihm und sagte, er wäre ein braver Hund und er sollte nicht so bellen. Er stand natürlich etwas entfernt, sodass Swipp nicht an ihn herankonnte. Swipp war genauso boshaft wie immer und benahm sich überhaupt nicht wie ein braver Hund.

Als Ole kam, um seine Schuhe abzuholen, brachte er für Swipp einen Knochen mit. Swipp knurrte und bellte, aber er

war so hungrig, dass er sich sofort auf den Knochen stürzte und ihn zerbiss. Während er fraß, stand Ole die ganze Zeit ein kleines Stück entfernt und sagte immer wieder zu Swipp, er sei ein braver Hund. Ole musste ja öfter hin, um nach diesen Schuhen zu fragen. Denn sie waren natürlich nicht fertig. Und jedes Mal brachte er Swipp etwas Gutes mit. Und eines schönen Tages, stell dir vor, knurrte Swipp ihn nicht mehr an, sondern bellte nur, wie Hunde bellen, wenn sie einen Menschen sehen, den sie mögen. Da ging Ole zu Swipp und streichelte ihn und Swipp leckte ihm die Hand.

Eines Tages fiel der Schuhmacher hin und verstauchte sich den Fuß. Er kümmerte sich nicht darum, ob Swipp etwas zu fressen bekam. Ole tat es leid um Swipp. Deshalb ging er zu Nett und fragte, ob er für Swipp sorgen dürfe, solange Nett den schlimmen Fuß hätte. Dass er sich traute! Aber Nett sagte nur:

»Das möchte ich mal sehen! Der fährt dir an die Kehle, wenn du nur in seine Nähe kommst.«

Aber Ole ging zu Swipp hinaus und streichelte ihn, während der Schuhmacher am Fenster stand und zusah. Da sagte er, Ole dürfe für Swipp sorgen, solange er selber es nicht könne.

Ole machte die Hundehütte sauber, legte frisches Heu hinein, wusch Swipps Trinknapf aus, füllte ihn mit frischem, sauberem Wasser und gab Swipp ordentlich zu fressen. Hinterher nahm er ihn mit auf einen langen Spaziergang bis zu uns nach Bullerbü, und Swipp hüpfte und sprang und bellte vor Freude, denn er war so lange angebunden gewesen, dass es ihm schrecklich über war. Die ganze Zeit, während Nett den kranken Fuß hatte, holte Ole Swipp jeden Tag ab und ging mit ihm spazieren.

Wir gingen auch mit ihm spazieren, aber Swipp mochte Ole am liebsten leiden, und kein anderer durfte seine Leine halten, denn dann knurrte Swipp.

Als Netts Fuß wieder in Ordnung war, sagte er zu Ole:

»Jetzt aber Schluss damit! Der Hund ist ein Wachhund. Er muss wieder an die Kette.«

Swipp dachte, er dürfte wie gewöhnlich mit Ole spazieren gehen, und er hüpfte und jaulte. Aber als Ole fortging, ohne ihn mitzunehmen, heulte Swipp und war schrecklich traurig, sagte Ole.

Und Ole war auch viele Tage lang traurig. Schließlich konnte sein Papa es nicht länger mit ansehen, wie traurig er war, und da ging Oles Papa zu Nett und kaufte Swipp für Ole. Wir andern alle gingen zu Ole, um zuzusehen, wie er Swipp in der Waschküche badete. Wir halfen auch dabei. Als Swipp gewaschen und abgetrocknet und gebürstet war, sah er aus wie ein ganz anderer Hund.

Und jetzt ist er nie mehr wütend und braucht nicht mehr an der Leine zu gehen. Er schläft jede Nacht unter Oles Bett, und wenn wir Kinder aus Bullerbü aus der Schule kommen, läuft Swipp Ole auf halbem Wege entgegen und trägt ihm die Schultasche nach Hause. Aber er geht nie bis zu Netts Haus. Vielleicht hat er Angst, dass der Schuhmacher herauskommt und ihn zurückholt.

Es ist schön, ein eigenes Tier zu haben, aber ein Großvater ist auch nicht übel

Es ist schön, ein Tier zu haben, das einem ganz allein gehört. Ich möchte auch gern einen Hund haben, aber ich habe keinen. Wir haben so viele Tiere hier in Bullerbü, Pferde und Kühe, Kälber, Schweine und Schafe. Und Mama hat eine Menge Hühner. Deshalb nennt man den Mittelhof auch die Hühnerfarm von Bullerbü. Mama schickt Eier an alle Leute, die gern Küken haben möchten. Eines von unseren Pferden heißt Ajax und gehört mir. Aber es gehört mir nicht so ganz, wie Swipp Ole gehört.

Aber Kaninchen habe ich, die wirklich mir gehören. Sie wohnen in einem Stall, den Papa mir gebaut hat, und jeden Tag muss ich hinausgehen und Gras und Löwenzahnblätter für sie pflücken. Im Winter bringe ich die Kaninchen in den Kuhstall. Sie bekommen viele Junge und ich habe eine Menge an Ole verkauft. Bosse hatte früher auch Kaninchen, aber es wurde ihm über, wie ihm alles über wird, nur seine Vogeleier nicht.

In unserem Garten steht ein alter Baum, den wir den Eulenbaum nennen, weil Eulen darin wohnen. Einmal ist Bosse auf den Eulenbaum geklettert und hat den Eulen ein Ei weggenommen. Es lagen vier Eier im Nest, sodass die Eulen noch drei Eier behielten. Bosse pustete das Ei aus und legte dann die leere

Schale in die Kommode zu seinen anderen Vogeleiern. Hinterher fiel ihm ein, dass er sich mit der Eulenmama einen kleinen Spaß machen könnte, und da kletterte er wieder zum Nest hinauf und legte ein Hühnerei hinein. War es nicht merkwürdig, dass die Eulenmama den Unterschied nicht bemerkte? Denn das tat sie nicht. Sie brütete ruhig weiter und eines schönen Tages lagen drei junge Eulen und ein Küken in dem Nest. Die Eulenmutter würde sich wundern, wenn sie entdeckte, dass eins von ihren Jungen wie ein kleiner gelber Ball aussah! Aber Bosse bekam es mit der Angst, das Küken könnte ihr nicht gefallen, also kletterte er hinauf und holte es.

»Übrigens ist es mein Küken«, sagte er.

Er band dem Küken einen roten Faden um das Bein, damit er es wiedererkennen könne, und setzte es zu Mamas Küken. Er taufte es Albert, aber als Albert größer wurde, merkten wir, dass es kein Hahn, sondern ein Hühnchen war. Da nannte Bosse es Albertina. Jetzt ist Albertina ein großes Huhn und wenn Bosse ein Ei isst, sagt er: »Das hat Albertina für mich gelegt.«

Albertina flattert und schlägt mit den Flügeln viel mehr als irgendeins von den anderen Hühnern.

»Das kommt daher, dass sie in einem Eulennest aus dem Ei gekrochen ist«, sagt Bosse.

Eines Tages beschloss Lasse, dass er auch eigene Tiere haben wollte. Deshalb stellte er drei Rattenfallen im Schweinestall auf und fing sechzehn große Ratten, die er in eine Tonne sperrte. Dann malte er ein großes Schild, das er an die Tonne hängte. »Rattenfarm von Bullerbü« stand auf dem Schild. Aber in der Nacht flohen die Ratten aus der Tonne. So ist es mit der Rattenfarm nichts geworden.

»Was wolltest du übrigens mit der Rattenfarm?«, fragte Britta. »Ratten legen doch keine Eier.«

»Deswegen hätte es doch lustig sein können, eine Rattenfarm zu haben«, sagte Lasse, der wütend war, weil die Ratten davongelaufen waren.

Britta und Inga haben keinen Hund und keine Kaninchen und auch keine anderen Tiere, die ihnen ganz allein gehören. Aber sie haben einen Großvater.

Er ist der netteste Großvater, den es auf der ganzen Welt gibt, davon bin ich überzeugt. Wir Kinder von Bullerbü nennen ihn alle Großvater, obwohl er nicht der Großvater von uns allen ist, sondern nur von Britta und Inga. Er wohnt in einem Zimmer unterm Dach auf dem Nordhof. Es ist so ein gemütliches Zimmer und so ein gemütlicher Großvater. Und wir Kinder gehen alle dorthin, wenn wir nichts anderes vorhaben.

Großvater sitzt in einem Schaukelstuhl und er hat einen langen weißen Bart, genau wie der Weihnachtsmann. Seine Augen sind so schlecht, dass er fast nichts sehen kann. Er kann weder Bücher noch Zeitungen lesen, aber das macht nichts, denn er weiß alles, was in den Büchern steht. Er erzählt uns Geschichten aus der Bibel und auch, wie es früher auf der Welt war, als Großvater ein kleiner Junge war. Inga, Britta und ich lesen ihm die Zeitung vor, wer gestorben ist und wer fünfzig Jahre alt wird und alle Unglücksfälle und Anzeigen und alles. Wenn in der Zeitung steht, dass irgendwo der Blitz eingeschlagen hat, kann Großvater von mindestens zwanzig anderen Stellen erzählen, wo früher der Blitz eingeschlagen hat. Wenn da steht, dass irgendjemand von einem Stier aufgespießt wurde, erzählt Großvater uns von all den Leuten, die er gekannt hat,

die von wütenden Stieren angegriffen wurden. Auf diese Weise dauert es ziemlich lange, bis wir die ganze Zeitung gelesen haben.

Manchmal lesen ihm auch die Jungen vor, aber er mag es lieber, wenn Britta, Inga und ich es tun, denn die Jungen lesen flüchtig und überspringen eine Menge Anzeigen und so.

Großvater hat einen Werkzeugkasten in seinem Schrank. Den leiht er den Jungen und hilft ihnen, Boote und alle möglichen Sachen zu schnitzen, obwohl er so wenig sehen kann. Wenn die Jungen Zinnsoldaten gießen wollen, gehen sie zu Großvater und erwärmen das Blei in seinem Kachelofen.

Im Schrank hat Großvater immer einen Kasten mit Äpfeln stehen – natürlich nicht immer, aber jedenfalls in der Jahreszeit, in der es Äpfel gibt. Jedes Mal wenn wir ihn besuchen, bekommen wir einen Apfel.

Wir kaufen auch Kandiszucker für ihn in Storbü. Den verwahrt er in einer Tüte im Eckschrank in seinem Zimmer. Wir bekommen Äpfel und Kandis von ihm.

Großvater hat Pelargonien auf der Fensterbank, und er pflegt sie gut, obwohl er fast blind ist. Er redet stundenlang mit ihnen. An den Wänden in Großvaters Zimmer hängen einige schöne Bilder. Zwei gefallen mir besonders gut. Das eine stellt Jonas im Bauch des Walfisches dar, das andere eine Schlange, die aus einem Käfig ausgebrochen ist und eben einen Mann erwürgen will. Das ist vielleicht nicht so hübsch, aber es ist aufregend und unheimlich.

Bei schönem Wetter geht Großvater manchmal spazieren. Er hat einen Stock, mit dem er sich vorwärtstastet. Im Sommer sitzt er meistens unter der großen Ulme, die mitten auf der

Wiese vor dem Nordhof steht. Dort sitzt er und lässt sich von der Sonne bescheinen, und ab und zu sagt er plötzlich:

»Ach jajajaja!«

Wir haben ihn gefragt, warum er »ach jajaja« sagt, und da antwortete er, er sage das, weil er an die Zeit denke, als er jung war. Das ist sicher sehr lange her, glaube ich.

Aber stellt euch vor, dass es so einen netten Großvater gibt! Ich hab ihn so gern. Ich möchte lieber ihn haben als einen Hund.

Die Jungen können kein Geheimnis haben

Als wir mit dem Rübenverziehen fertig waren, dauerte es nicht lange, da musste das Heu eingefahren werden.

»Dies Jahr will ich nicht, dass die Kinder angelaufen kommen und das Heu kaputt trampeln«, sagte Papa. Das sagt er jedes Jahr, aber niemand glaubt, dass er es ernst meint.

Wir fuhren alle Tage auf dem Heuwagen mit und tobten auf dem Heuboden herum.

Lasse wollte, wir sollten ein Wettspringen machen, wer am höchsten springen könnte. Das heißt natürlich: von oben herunter, nicht von unten hinauf. Wir kletterten bis unter das Dach und sprangen ins Heu hinunter. Oh, wie das im Bauch kitzelte! Lasse hatte gesagt, der Gewinner solle einen Schokoladenfrosch als Preis bekommen. Er hatte ihn am selben Tag gekauft, als er vom Kaufmann in Storbü für Mama Hefe geholt hatte. Und wir sprangen und hüpften um die Wette. Schließlich kletterte Lasse so hoch hinauf, wie es nur ging, und sprang auf einen kleinen Heuhaufen hinunter. Dort lag er eine Weile still und konnte sich nicht rühren. Nachher sagte er, er glaube, das Herz sei ihm in den Bauch gerutscht, und er müsse es nun sein Leben lang im Bauch tragen. Keiner von uns anderen wagte, von dort oben herunterzuspringen, und da stopfte Lasse sich den Schokoladenfrosch in den Mund und sagte:

»Überreicht an Lasse für mutige Taten im Heuschober!«

Eines Tages, als Britta, Inga und ich mit dem Knecht vom Nordhof Heu einfuhren, fanden wir am Waldrand hinter einem Steinhaufen dicht bei der Wiese, von der wir das Heu holten,

eine Walderdbeerstelle. Dort wuchsen so viele Walderdbeeren, wie ich noch nie in meinem Leben gesehen hatte. Wir beschlossen, dass wir nie, nie, niemals den Jungen oder irgendjemand anderem von dieser Walderdbeerstelle erzählen wollten. Wir pflückten die Walderdbeeren und zogen sie auf dünne Halme. Es wurden dreizehn Halme voll.

Am Abend aßen wir sie mit Zucker und Sahne dazu. Lasse, Bosse und Ole durften auch ein paar probieren, aber als sie wissen wollten, wo wir sie gepflückt hatten, sagten wir: »Das sagen wir niemals im Leben, denn es ist ein Geheimnis.«

Mehrere Tage suchten Britta, Inga und ich nach neuen Walderdbeerstellen und kümmerten uns nicht um den Heuboden. Aber die Jungen spielten jeden Tag dort und wir konnten nicht begreifen, dass es ihnen nie über wurde.

Eines Tages hatten wir wieder viele Erdbeerstellen gefunden. Wir sagten zu den Jungen, dass wir nun sieben Erdbeerstellen hätten, die wir aber nicht verraten würden, weil das ein Geheimnis sei.

Da sagte Ole: »Haha, das ist ja gar nichts gegen unser Geheimnis!«

»Was habt ihr für ein Geheimnis?«, fragte Britta.

»Sag's nicht, Lasse!«, schrie Ole.

Aber Lasse sagte: »Doch! Damit die Mädchen merken, dass unser Geheimnis nicht so albern ist wie ihres.«

»Was ist es denn?«, fragten wir.

»Wir haben neun Höhlen im Heu gemacht, wenn ihr es genau wissen wollt«, sagte Lasse.

»Wir sagen bloß nicht, wo«, sagte Bosse und hüpfte auf einem Bein.

»Die werden wir bald finden«, sagten wir und stürzten in unsere Scheune, um zu suchen.

Wir suchten lange, auch noch am nächsten Tag, aber wir fanden keine Höhlen. Die Jungen platzten beinahe vor Wichtigtuerei und Lasse sagte:

»Ihr findet sie nie! Erstens kann man sie gar nicht finden ohne Karte, und zweitens findet ihr die Karte nie, auf der sie sind.«

»Was ist das für eine Karte?«, fragten wir.

»Eine Karte, die wir gezeichnet haben«, sagte Lasse, »aber die haben wir versteckt.«

Da begannen Britta, Inga und ich, nach der Karte zu suchen. Wir glaubten ganz bestimmt, sie müsse irgendwo im Mittelhof versteckt sein, denn Lasse würde nie darauf eingehen, sie anderswo zu verstecken. Wir suchten stundenlang in Lasses und Bosses Zimmer, in ihren Betten und Kommodenschubladen, im Kleiderschrank und überall. Schließlich sagten wir zu Lasse:

»Du kannst doch wenigstens sagen, ob es Vogel, Fisch oder etwas dazwischen ist.« So sagt man doch, wenn man »Schlüsselverstecken« spielt.

Und da fingen Lasse, Bosse und Ole entsetzlich an zu lachen und Lasse sagte:

»Es ist Vogel. Nicht wahr, es ist Vogel?«

Dann blinzelten sie sich zu und machten furchtbar schlaue Gesichter. Wir suchten in der Lampe und sahen nach, ob die Karte etwa hinter der Tapete oben an der Decke versteckt wäre; denn sie musste ja hoch oben versteckt sein, da es »Vogel« war. Aber Lasse sagte:

»Ihr könnt es genauso gut aufgeben, ihr findet sie nie!«

Schließlich hatten wir keine Lust mehr zu suchen.

Aber am nächsten Tag wollte ich Ole fragen, ob er mir »Tausendundeine Nacht« leihen könne, denn es regnete, und ich wollte lesen. Lasse und Bosse waren draußen. Ich ging also in ihr Zimmer, um durch die Linde zu Ole hinüberzuklettern.

Früher einmal hatte in der Linde ein Vogel gewohnt. Er hatte sein Nest in einem Loch im Stamm gehabt. Aber jetzt wohnte er nicht mehr dort. Als ich an dem Nest vorbeikletterte, sah ich, dass aus dem Loch eine Schnur heraushing.

Wozu in aller Welt hat der Vogel eine Schnur gebraucht? dachte ich und zog an der Schnur. Am anderen Ende der Schnur war eine kleine Papierrolle befestigt.

Und denkt nur: Das war die Karte!

Ich glaubte, ich sollte vom Baum fallen, so erstaunt war ich. Ich vergaß ganz »Tausendundeine Nacht«, kletterte zu Lasses und Bosses Zimmer zurück und wollte rasch zu Britta und Inga hinüberrennen. Ich hatte es so eilig, dass ich die Treppe hinunterfiel und mir das Knie aufschlug.

Oh, wie Britta und Inga sich freuten! Wir rannten in die Scheune und es dauerte nicht lange, bis wir die erste Höhle gefunden hatten. Die Jungen hatten Gänge im Heu gegraben und alle waren in der Karte eingezeichnet. Wenn man durch so einen langen Gang kriecht und es so dunkel ist und so viel Heu ringsum, muss man manchmal denken:

Wenn ich nun nicht wieder hinausfinde!

Es ist unheimlich und furchtbar aufregend. Aber man findet immer wieder hinaus.

Nur in den Gängen war es dunkel. In den Höhlen war es hell, denn sie lagen alle dicht an der Wand, wo durch Ritzen zwischen den Brettern Licht hineinfiel. Es waren große, schöne Höhlen und wir begriffen, dass die Jungen viel Mühe damit gehabt hatten, sie zu graben. Der Gang zur letzten Höhle war so lang, dass wir dachten, er werde überhaupt nie ein Ende nehmen. Ich kroch voran, dann Britta und dann Inga.

»Ihr werdet sehen, wir finden nie wieder hinaus«, sagte Britta.

Im selben Augenblick sah ich, dass es weiter vorn heller wurde, und da war die Höhle! Und – hurra! – da saßen Lasse und Bosse und Ole! Waren die überrascht, als wir die Nasen zu ihnen hineinsteckten.

»Wie habt ihr hergefunden?«, fragte Lasse erstaunt.

»Haha, wir haben natürlich die Karte gefunden«, sagte ich. »Das war ja keine Kunst. So ein leichtes Versteck!«

Ausnahmsweise einmal war Lasse so verdutzt, dass er keine Antwort wusste. Nachdem er eine Weile überlegt hatte, sagte er: »Ach was, wir lassen die Mädchen mitspielen.«

Dann spielten wir den ganzen Tag in den Höhlen, während es draußen regnete, und es war sehr lustig.

Aber am nächsten Tag sagte Lasse: »Da ihr unser Geheimnis kennt, ist es nur gerecht, wenn wir jetzt erfahren, wo eure Walderdbeerstellen sind.«

»Meinst du?«, sagten wir. »Die müsst ihr selber finden, so wie wir die Höhlen gefunden haben.«

Um es leichter zu machen, legten Britta, Inga und ich kleine Pfeile aus Holzstückchen auf den Boden. Aber die Entfernung zwischen den Pfeilen war groß, und deshalb dauerte es doch lange, bis die Jungen die Walderdbeerstellen fanden.

Zu unserer allerbesten Stelle legten wir keinen Pfeil. Das ist unser großes Geheimnis, und wir wollen es nie, nie, niemals irgendjemandem erzählen.

Wir schlafen auf dem Heuboden

Eines Tages sagte Bosse zu mir: »Heute Nacht wollen Lasse und ich auf dem Heuboden schlafen. Und Ole auch, wenn er darf.«

»Nur Landstreicher schlafen auf dem Heuboden«, sagte ich.

»Das ist nicht wahr«, sagte Bosse. »Wir haben Mama gefragt, und wir dürfen.«

Ich lief hinüber und erzählte es Britta und Inga.

»Dann wollen wir auf unserem Heuboden schlafen«, sagten sie. »Und du auch, Lisa.«

Und so beschlossen wir es.

Das würde lustig werden! Es war bloß ärgerlich, dass die Jungen auf diesen Einfall gekommen waren und nicht wir. Ich lief sofort zu Mama und fragte, ob ich dürfe.

Mama fand, dass kleine Mädchen nicht auf Heuböden schlafen dürften, aber ich sagte, Mädchen müssten doch auch manchmal ein bisschen Spaß haben, nicht immer nur die Jungen. Und da durfte ich.

Wir konnten fast nicht erwarten, dass es Abend wurde.

Lasse sagte: »Die Mädchen wollen auch auf dem Heuboden schlafen? Unmöglich! Das wagen die doch gar nicht. Wenn nun ein Gespenst kommt?«

»Und ob wir es wagen«, sagten wir.

Und dann begannen wir, Butterbrote zu streichen, die wir essen wollten, wenn wir in der Nacht Hunger bekämen. Und da mussten die Jungen natürlich auch Butterbrote streichen.

Um acht Uhr gingen wir hinaus. Die Jungen wollten auf dem Heuboden des Mittelhofes schlafen und wir Mädchen auf dem Heuboden vom Nordhof. Jeder hatte eine Pferdedecke mitgenommen. Ole nahm auch Swipp mit. Der Glückspilz hatte einen Hund!

»Gute Nacht, ihr kleinen Landstreicher«, sagte Papa. Und Mama sagte: »Morgen früh kommt ihr wohl und kauft Milch. Das tun alle Landstreicher.«

Als wir den Jungen gute Nacht sagten, rief Lasse:

»Schlaft gut! Wenn ihr könnt. Voriges Jahr haben sie auf dem Heuboden vom Nordhof eine Kreuzotter gefunden. Ich möchte wissen, ob in diesem Jahr auch eine da ist.«

Und Bosse sagte: »Vielleicht – vielleicht auch nicht. Aber eine Masse Feldmäuse sind auf jeden Fall da. Hu, richtig eklig!«

»Ach, ihr armen Würmer!«, sagten wir zu den Jungen. »Ihr habt vor Feldmäusen Angst? Da geht ihr besser nach Hause und legt euch in eure Betten.«

Dann gingen wir mit unseren Pferdedecken und unseren Butterbroten auf den Heuboden. Draußen war es hell, aber da oben war es fast dunkel.

»Erster! Ich liege in der Mitte!«, rief ich.

Dann gruben wir uns in das Heu ein. Es roch herrlich, aber es pikste auch. Nachdem wir uns in die Pferdedecken eingewickelt hatten, lagen wir aber richtig gut.

Wir sprachen davon, wie es wohl wäre, wenn man ein richtiger Landstreicher wäre, der immer in Heuschobern schliefe. Inga sagte, sie glaube, das müsse ganz lustig sein.

Wir waren kein bisschen müde. Bloß hungrig. Wir aßen unsere Butterbrote auf, ehe es zu dunkel wurde. Aber schließlich war es so dunkel, dass wir nicht einmal mehr unsere Hände sehen konnten, wenn wir sie vor das Gesicht hielten.

Ich war froh, dass ich in der Mitte zwischen Britta und Inga lag. Es raschelte so komisch im Heu. Britta und Inga krochen näher an mich heran.

»Wenn nun ein richtiger Landstreicher kommt und sich im Heu schlafen legt«, flüsterte Britta. »Ohne um Erlaubnis zu fragen.«

Wir lagen still und überlegten eine Weile. Und dann hörten wir plötzlich ein Geheul. Ein furchtbares, unheimliches Geheul. Es klang, als ob tausend Gespenster gleichzeitig heulten. Dass wir nicht vor Schreck gestorben sind! Das taten wir nicht. Aber wir schrien. Nein, wie Lasse und Bosse und Ole lachten! Denn sie waren es, die so geheult hatten. Und natürlich waren auch sie es, die im Heu geraschelt hatten, als sie herangekrochen waren. Britta sagte, dass es gefährlich sei, Leute so zu erschrecken. Dann könnte dem, der so erschrocken sei, das Blut in den Adern gefrieren, und sie sagte, das würde sie ihrer Mama erzählen.

Aber da sagte Lasse: »Das war doch nur Spaß!«

Und Bosse sagte: »Altes Klatschmaul!«

Inga sagte, sie habe ein Gefühl, als ob das Blut in ihren Adern schon ein ganz kleines bisschen gefroren sei.

Schließlich gingen die Jungen auf ihren Heuboden zurück.

Wir dachten schon daran, hinüberzuschleichen und sie auch

zu erschrecken, aber wir mochten es doch nicht tun, denn wir waren müde geworden.

Wir erwachten davon, dass der Hahn auf dem Nordhof krähte, und dadurch, dass wir froren. Huh, war das kalt! Wir wussten nicht, wie spät es war, aber wir dachten, es müsse wohl Zeit sein aufzustehen.

Gerade als wir die Nasen aus dem Scheunentor steckten, kamen Lasse, Bosse und Ole aus der Mittelhofscheune. Sie froren auch.

Wir liefen in unsere Küche, um uns aufzuwärmen. Aber da war noch keine Menschenseele! Sie schliefen alle noch, denn es war erst halb fünf. Gleich darauf klingelte jedoch Agdas Wecker. Sie musste aufstehen und melken. Und sie gab uns allen warme Milch und Brötchen. Oh, wie das schmeckte!

Nachher kroch ich schnell ins Bett, denn ich wollte gern noch ein bisschen schlafen. Es muss ein sehr kluger Mensch gewesen sein, der das mit den Betten erfunden hat, denn man schläft in seinem Bett tatsächlich besser als im Heu.

Als Inga und ich weglaufen wollten

Ich finde, mit keinem lässt es sich so gut spielen wie mit Inga. Wir haben viele So-tun-als-ob-Spiele, die nur wir beide kennen. Manchmal spielen wir, dass wir zwei Frauen sind, die sich gegenseitig besuchen. Dann heißt Inga Frau Bengtsson und ich Frau Larsson. Inga sieht sehr vornehm aus, wenn sie Frau Bengtsson ist, und sie spricht auch so vornehm. Ich spreche auch vornehm, wenn ich Frau Larsson bin. Manchmal tun wir, als ob Frau Bengtsson und Frau Larsson sich erzürnt haben, und dann sagt Inga:

»Gehen Sie bloß nach Hause mit Ihren ungezogenen Kindern, Frau Larsson.«

Das sind meine Puppen, die sie ungezogene Kinder nennt. Und dann sage ich:

»Ich finde, *Ihre* Kinder sind ungezogen, Frau Bengtsson.«

Gleich danach sind wir gute Freunde und spielen, als ob wir in Geschäfte gehen und Seide und Samt und Bonbons kaufen. Das Geld, mit dem wir bezahlen, ist kein richtiges Geld.

Wir haben es selber oben bei Großvater gemacht.

Wir haben Angst, Lasse und die anderen könnten hören, dass wir so tun, als ob wir feine Damen wären, denn dann lachen sie nur über uns. Dass Großvater es hört, schadet nichts.

Denn er tut auch manchmal, als ob er etwas wäre, was er gar nicht ist. Bei ihm können wir ruhig etwas für unser Spielgeld kaufen.

Bei Regenwetter sitzen Inga und ich oft bei Großvater und lesen ihm aus der Zeitung vor. Als Großvater klein war, starben seine Eltern, und er kam zu fremden Menschen, die gar nicht gut zu ihm waren. Er musste viel arbeiten, obwohl er so klein war, und er bekam so viel Prügel und so wenig zu essen, dass er schließlich das Ganze satt hatte und davonlief. Und er erlebte so viele Abenteuer, dass man es fast nicht glauben kann, bis er schließlich zu netten Menschen kam, bei denen er bleiben konnte.

An einem Regentag, als Inga und ich bei Großvater saßen und ihm die Zeitung vorgelesen hatten, sagte Inga:

»Großvater, erzähl von damals, als du weggelaufen bist.«

»Ach, ach«, sagte Großvater. »Das habt ihr doch schon so oft gehört.«

Aber wir lagen ihm so lange in den Ohren, bis er uns wieder davon erzählte.

Als er fertig war, sagte Inga:

»Es muss lustig sein wegzulaufen. Ich möchte auch mal weglaufen.«

»Aber dann musst du doch erst böse Menschen haben, von denen du wegläufst«, sagte ich.

»Das ist nicht nötig«, sagte Inga. »Man kann ja auch so weglaufen. Bloß ein kleines bisschen. Und dann bald wieder zurückkommen.«

»Oh ja, das machen wir«, sagte ich, »aber nicht sehr weit.«

»Was meinst du, Großvater«, fragte Inga, »findest du, dass wir es tun sollen?«

Und Großvater sagte, wir könnten es ja tun, bloß ein bisschen. Und da beschlossen wir wegzulaufen. Es musste natürlich nachts geschehen und kein Mensch durfte es wissen. Wir baten Großvater, es niemandem zu erzählen, und das versprach er.

Ich kann abends immer so schwer wach bleiben. Ich wusste also nicht, was ich tun müsste, um nicht einzuschlafen, bis es Zeit zum Weglaufen wäre. Aber Inga sagte:

»Schlaf du nur! Wir binden einen Bindfaden an deinen großen Zeh und lassen ihn aus dem Fenster hängen, und dann komme ich und ziehe daran, und du wachst auf.«

Sie sagte auch, sie wolle Wacholdergrün pflücken und in ihr

Bett legen, dann werde sie sicher wach bleiben können, bis die anderen eingeschlafen wären.

Dann fragten wir Großvater, was man mitnehmen müsse, wenn man wegliefe, und er sagte, man müsse etwas zu essen mitnehmen und vielleicht etwas Geld, wenn man welches habe.

Wir wollten schon in derselben Nacht weglaufen, sodass wir furchtbar viel zu tun hatten, alles zu besorgen. Ich ging zu Mama und bat um ein paar Butterbrote und sie sagte:

»Was, bist du schon wieder hungrig? Wir haben doch eben erst Abendbrot gegessen.«

Ich konnte ihr ja nicht erzählen, wofür ich die Butterbrote brauchte, und deshalb sagte ich gar nichts. Dann nahm ich ein paar Kronen von meinem Rübengeld und legte sie unter das Kopfkissen. Und dann holte ich einen langen Bindfaden, den ich um den großen Zeh binden wollte. Abends spielten wir alle Brennball, und als es Schlafenszeit war, blinzelten Inga und ich uns zu und flüsterten:

»Um halb elf.«

Ich drückte Papa und Mama heftig, als ich gute Nacht sagte, denn ich dachte, jetzt würde ich sie wohl lange Zeit nicht sehen. Und als Mama zu mir sagte: »Morgen wollen wir beide Johannisbeeren pflücken«, tat sie mir furchtbar leid, weil sie morgen gar kein kleines Mädchen mehr haben würde.

Dann ging ich in mein Zimmer, band den Bindfaden um den einen großen Zeh, ließ das andere Ende aus dem Fenster fallen, und dann ging ich zu Bett und dachte, jetzt müsste ich mich beeilen, etwas zu schlafen, damit ich nicht allzu müde wäre, wenn es losging.

Sonst schlafe ich immer ein, sobald ich den Kopf auf das Kissen gelegt habe. Aber an diesem Abend konnte ich gar nicht einschlafen. Ich strengte mich ordentlich an, aber immer, wenn ich mich bewegte, spannte sich der Bindfaden am großen Zeh. Und dann dachte ich daran, was Mama sagen würde, wenn sie am nächsten Morgen ins Zimmer kam und merkte, dass mein Bett leer war. Sie tat mir so leid, dass ich weinen musste. Ich weinte lange, lange.

Plötzlich erwachte ich. Ich hatte so ein komisches Gefühl im großen Zeh. Zuerst konnte ich gar nicht begreifen, was los war. Aber dann fiel es mir ein: Da zog einer an dem Bindfaden.

»Ja, Inga, ich komme«, rief ich, sprang aus dem Bett und stürzte ans Fenster. Und da war es helllichter Tag! Unten stand Lasse und zog an dem Bindfaden. Nun wurde ich aber wütend.

»Au! Au!«, schrie ich. »Lass das!«

Aber Lasse zog.

»Lass das bleiben!«, schrie ich.

»Warum denn?«, fragte Lasse.

»Weil der Bindfaden an meinem großen Zeh sitzt!«, schrie ich.

Lasse lachte und sagte: »Da hab ich ja einen netten Fisch an der Angel.« Er wollte wissen, was der Bindfaden zu bedeuten hätte, aber ich hatte keine Zeit, es ihm zu erklären. Ich rannte zum Nordhof, denn ich glaubte, Inga wäre vielleicht allein weggelaufen. Britta saß auf der Treppe und spielte mit Sissa.

»Wo ist Inga?«, fragte ich.

»Schläft«, sagte Britta.

Ich ging in Brittas und Ingas Zimmer hinauf. Und da lag sie und schnarchte. Ich versuchte, ihr den Bindfaden um den großen Zeh zu binden, aber davon wachte sie auf.

»Oh«, sagte sie, »wie spät ist es?«

Als ich sagte, es sei acht Uhr morgens, saß sie eine ganze Weile still da. Dann sagte sie:

»Die Leute, die nachts nicht schlafen können, sollten nur versuchen, auf Wacholdergrün zu schlafen. Du ahnst nicht, wie müde man davon wird.«

Später gingen wir zu Großvater hinauf, um ihm die Zeitung vorzulesen. Als wir hineinkamen, war er furchtbar erstaunt und sagte:

»Was ist denn los, seid ihr nicht weggelaufen?«

»Ein andermal«, sagten wir.

Wir bauen uns eine Hütte

Schließlich wurde es uns über, im Heu zu spielen. Lasse, Bosse und Ole verschwanden jeden Morgen. Wir wussten nicht, wohin, aber es war uns auch einerlei, denn wir spielten selber so schön. Auf einer kleinen Waldlichtung hinter dem Südhof gibt es viele kleine, flache Klippen und Steine. Dort spielten wir, Britta, Inga und ich.

Eines Tages kam Britta auf den Einfall, dass wir uns unsere eigene kleine Hütte in einer Spalte zwischen ein paar großen Felsblöcken bauen sollten.

Oh, machte das Spaß! Wir richteten sie wundervoll ein und es war die schönste kleine Hütte, die wir je gehabt hatten. Ich fragte Mama, ob wir nicht einen kleinen Flickenteppich mitnehmen dürften. Das durften wir. Den legten wir auf den glatten Steinboden und da sah es noch mehr wie ein Zimmer aus. Dann holten wir Zuckerkisten und stellten sie als Schränke auf und die größte Kiste stellten wir in die Mitte als Tisch. Britta lieh sich ein kariertes Kopftuch von ihrer Mutter, das legten wir als Decke auf den Tisch.

Wir holten uns noch jeder eine Fußbank zum Sitzen. Ich brachte auch mein hübsches rosa Puppenservice mit und Inga ihre kleine geblümte Saftkaraffe mit den Gläsern.

Wir stellten das alles in die Zuckerkiste, natürlich nachdem wir sie zuerst mit Schrankpapier ausgelegt hatten. Zuletzt pflückten wir einen Strauß Glockenblumen und Margeriten, die wir in Wasser in ein Einmachglas mitten auf den Tisch stellten. Nein, war das schön!

Agda war an dem Tag gerade beim Backen. Sie erlaubte mir, ein paar ganz kleine Puppenbrötchen zu backen. Hinterher saßen wir in unserer Hütte und tranken Kaffee aus meinen rosa Puppentassen und aßen die Semmeln dazu. Inga holte Saft in ihrer Karaffe, sodass wir auch Saft trinken konnten.

Wir spielten, Britta wäre die Hausfrau und hieße Frau Andersson, ich wäre das Hausmädchen und hieße Agda und Inga wäre das Kind. Wir pflückten Himbeeren, die in der Nähe wuchsen, zerquetschten sie in einem weißen Stofflappen und spielten, wir machten Käse.

Britta, die Frau Andersson war, sagte zu mir:

»Dass Sie doch nie richtig Käse machen lernen, Agda!«

Und ich antwortete: »Machen Sie sich Ihren alten Käse doch selbst, Frau Andersson.«

Gerade als ich das gesagt hatte, sah ich hinter einem Stein Bosses Haarschopf, und ich sagte schnell zu Britta und Inga:

»Die Jungen belauschen uns.«

Da riefen wir durcheinander:

»Ha, wir haben euch gesehen, ihr könnt ruhig vorkommen.«

Lasse, Bosse und Ole sprangen sofort auf und sie waren furchtbar albern und machten uns nach und heulten: »Dass Agda es doch nicht lernen kann, Frau Anderssons alten Käse zu machen!«

Sie wollten uns nicht in Ruhe lassen, sodass wir an diesem Tag nicht weiterspielen konnten. Lasse wollte, dass wir Brennball spielten, und das taten wir. Lasse aber blieb immer noch albern und rief:

»Können Sie denn nicht schneller laufen, Frau Andersson? Passen Sie doch auf den Ball auf, Frau Andersson.«

Ich habe es ja gesagt: Jungen können kein Geheimnis haben!

Am nächsten Tag verschwanden Lasse, Bosse und Ole wieder gleich nach dem Frühstück. Nachdem Britta, Inga und ich den ganzen Vormittag in unserer Hütte gespielt hatten und jetzt etwas anderes tun wollten, begannen wir zu überlegen, wo die Jungen sich eigentlich den ganzen Tag aufhielten. Wir hatten vorher noch nicht weiter darüber nachgedacht, aber jetzt fiel uns plötzlich ein, dass wir sie fast eine ganze Woche nicht gesehen hatten, außer abends, wenn wir Brennball spielten.

»Wir legen uns auf die Lauer«, sagte Britta.

»Ja«, sagten Inga und ich, »wir legen uns auf die Lauer, denn wir müssen wissen, was sie treiben.«

Kurz vor Mittag saßen wir auf den Stufen vor unserem Haus und hielten Wache. Zuerst kam Lasse. Gleich danach kam Bosse. Und zuletzt Ole. Aber sie kamen nicht von derselben Seite. Da merkten wir, dass sie wieder ein Geheimnis hatten, das wir nicht wissen sollten. Denn sonst wären sie sicher gleichzeitig gekommen.

Wir hatten unsere Puppen mit auf die Treppe genommen, damit die Jungen nicht merkten, dass wir ihnen auflauerten. Wir spielten mit den Puppen und taten so, als sähen wir die Jun-

gen gar nicht. Dann mussten wir zu Mittag essen, aber sobald wir gegessen hatten, liefen wir wieder hinaus zur Treppe.

Nach einer Weile kam Lasse heraus. Wir spielten mit unseren Puppen. Lasse blieb einen Augenblick stehen und neckte Trille, aber nur so im Vorbeigehen.

Aber dann verschwand er um die Hausecke.

Wir rannten in mein Zimmer hinauf, denn von dort konnten wir ihn durch das Fenster sehen. Er guckte sich vorsichtig um, dann rannte er in die Johannisbeerbüsche und kletterte über die Steinmauer, die unseren Garten umgibt. Nun konnten wir ihn nicht mehr sehen. Gleich darauf kam Bosse. Er schlich vorsichtig durch die Büsche und verschwand.

»Passt auf«, sagte Britta, »jetzt dauert es nicht lange, bis Ole auftaucht. Kommt, wir verstecken uns zwischen den Johannisbeerbüschen.«

Wir liefen hinunter. Wir krochen hinter einen Busch und saßen ganz still und warteten. Gleich danach kam Ole gelaufen. Er lief so dicht an uns vorbei, dass wir ihn hätten anfassen können, aber er sah uns nicht. Wir schlichen ihm nach.

Hinter unserem Garten ist ein großes Gehölz, wo viele Haselnusssträucher und Wacholder und alle möglichen anderen Sträucher wachsen, aber auch Bäume. Papa sagt, er wird alle Sträucher abhauen, damit die Kühe eine größere Weide haben. Aber das wird er hoffentlich nicht tun, denn da gibt es so viele schöne Verstecke.

Wir schlichen Ole ein ganzes Stück nach, aber plötzlich bückte er sich, und schon war er in einem dichten Gebüsch verschwunden. Wir konnten ihn nicht wiederfinden, so viel wir auch suchten. Wir wussten, dass die Jungen irgendwo zwischen den Büschen sein mussten, und wir suchten, aber sie waren verschwunden.

Da sagte Inga: »Jetzt weiß ich, was wir tun! Wir holen Swipp, der wird Ole schon finden.«

Britta und ich fanden, dass dies ein sehr guter Gedanke von Inga war. Wir rannten zum Südhof und fragten Oles Mama, ob wir Swipp eine Weile mitnehmen dürften.

»Das könnt ihr gern«, sagte sie.

Swipp freute sich mächtig, als er begriff, dass er mit auf einen Spaziergang sollte. Er hüpfte und sprang und bellte vor Freude. Und da sagten wir zu ihm:

»Swipp, wo ist Ole? Such Ole, Swipp!«

Swipp begann auf der Erde herumzuschnüffeln. Quer durch

die Johannisbeersträucher lief er und weiter ins Gehölz und wir hinterher. Es ging in einer furchtbaren Geschwindigkeit zwischen den Haselnusssträuchern hin und her. Und plötzlich sprang er an Ole hoch. Denn da stand Ole und neben ihm Bosse und Lasse!

Und da sahen wir auch das Geheimnis. Und das Geheimnis war eine Hütte, die die Jungen zwischen den Büschen gebaut hatten.

»Ha, ha, ha, nun seid ihr wohl platt«, sagten wir. Und das waren sie.

»Versucht nicht, Geheimnisse vor uns zu haben«, sagten wir. »Wir kommen doch dahinter.«

»Ja, wenn ihr Spürhunde zu Hilfe nehmt«, sagte Lasse, »dann natürlich ...«

Swipp hüpfte und freute sich, weil er glaubte etwas mächtig Gutes getan zu haben. Und wir sagten, er solle einen großen Knochen zum Abendbrot bekommen.

Es war eine großartige Hütte, die die Jungen sich gebaut hatten. Sie hatten einige Bretter an vier Bäume genagelt, die in einem Viereck standen, sodass in jeder Ecke der Hütte ein Baum stand. Dann hatten sie Wacholdersträucher als Wände angepflanzt, denn sie hätten nicht genug Bretter gehabt, sagte Lasse. Zuletzt hatten sie einige kleine Bretter darübergelegt und darauf eine alte Pferdedecke.

»Was meint ihr, sollen die Mädchen mitmachen?«, sagte Lasse zu Bosse und Ole.

»Tja, was meinst du selbst?«, sagten sie, denn sie wollten natürlich erst hören, was Lasse fand. Und Lasse sagte, wir könnten gern mitmachen.

Da spielten wir Indianer in der Hütte. Lasse war der Häuptling und hieß Starker Panther, Bosse hieß Schneller Hirsch und Ole Fliegender Falke. Britta wurde Brummender Bär genannt, Inga Gelber Wolf und ich Listiger Fuchs. Ich hätte lieber einen hübscheren Namen haben mögen, aber das erlaubte Lasse nicht.

Wir hatten kein Feuer in der Hütte, aber wir taten, als hätten wir eins, und wir saßen um das Feuer und rauchten die Friedenspfeife. Es war eine Lakritzpfeife. Ich biss ein kleines Stück von der Friedenspfeife ab. Es schmeckte sehr gut.

Die Jungen hatten sich Flitzbogen und Pfeile gemacht und sie machten auch welche für uns. Lasse sagte, am anderen Ende des Gehölzes wohnten andere Indianer. Sie hießen Komantschen und wären sehr tückisch und gefährlich. Wir nahmen unsere Flitzbogen und rannten unter furchtbarem Kriegsgeheul durch das Dickicht.

Am anderen Ende des Gehölzes weideten unsere Kühe. Lasse sagte, das wären die feindlichen Komantschen. Man könne es am Namen hören. Nein, wie die Komantschen davonrannten! Lasse schrie ihnen in der Indianersprache etwas nach, aber ich glaube nicht, dass sie es verstanden.

Die Schule fängt wieder an

Wenn man lange Zeit Sommerferien gehabt hat, finde ich wenigstens, dass es richtig nett ist, wieder in die Schule zu gehen. Bosse sagt, er will an den König schreiben und ihn bitten, alle Schulen zu schließen, aber ich hoffe, das wird der König nicht tun. Ich mag die Schule sehr gern, ich mag auch unsere Lehrerin gern und meine Kameraden. Auch meine Schulbücher habe ich gern, wenn ich einen neuen schönen Umschlag darumgemacht und ein neues Etikett mit meinem Namen daraufgeklebt habe.

Lasse und Bosse schlagen ihre Bücher nie neu ein, wenn Mama oder die Lehrerin ihnen nicht sagten, dass sie es tun sollen. Und dann bekritzeln sie alle ihre Bücher. Lasse schneidet auch allerhand Figuren aus Zeitschriften aus und klebt sie in sein Erdkundebuch. Er sagt, es sei dann mehr Abwechslung darin, und das glaube ich allerdings auch. Denn wenn unter einem Bild steht: »Chinesischer Bauer pflanzt Reis«, so ist der Bauer nur unten ein Chinese. Das Gesicht aber ist das Gesicht von einer Witzblattfigur. So sehen seine Bücher aus. Und darüber freuen sich die Jungen.

Wir Kinder aus Bullerbü gehen alle zusammen zur Schule. Wir müssen schon um sieben von zu Hause weggehen, denn wir haben ja einen weiten Weg. Wir nehmen Butterbrote und Milch mit, die wir in der Schule in der Frühstückspause essen. Manchmal essen die Jungen schon alles auf, bevor wir in der Schule angekommen sind.

»Man kann das Essen ja genauso gut im Magensack wie im Rucksack tragen«, sagt Lasse.

Unsere Lehrerin heißt Fräulein Lundgren. Sie wohnt im Schulhaus im oberen Stockwerk. Dort hat sie ein schönes Zimmer mit einem Klavier und vielen Büchern und eine hübsche kleine Küche. Wir helfen ihr Brennholz ins Haus tragen. Manchmal dürfen wir Bücher von ihr ausleihen und manchmal lädt sie uns zu Kakao ein.

Einmal, als wir in die Schule kamen, war Fräulein Lundgren krank, sodass wir keine Schule an diesem Tag hatten. Alle anderen Kinder außer uns aus Bullerbü wussten es, denn in Storbü gibt es Telefon, in Bullerbü aber nicht. Wir wussten nicht, was wir machen sollten, als die Tür zum Klassenzimmer verschlossen war und wir keine Kinder dort fanden und auch keine Lehrerin. Schließlich gingen wir die Treppe hinauf und klopften bei unserer Lehrerin an die Tür.

»Herein«, sagte Fräulein Lundgren.

Wir gingen hinein. Da lag sie und war krank. Eigentlich hatte eine Frau kommen und ihr helfen sollen, aber sie war nicht gekommen. Fräulein Lundgren fragte, ob wir ihr nicht helfen wollten. Das wollten wir natürlich. Die Jungen holten Brennholz, Britta machte Feuer im Herd und setzte das Teewasser auf. Ich fegte den Fußboden und schüttelte Fräulein Lundgrens Kopfkissen auf. Inga machte ein Frühstückstablett zurecht. Dann brachten wir Fräulein Lundgren Tee und Butterbrot.

Fräulein Lundgren sagte, sie möchte so gern Gulasch zum Mittagessen haben und sie habe Fleisch im Haus. Sie habe überlegt, ob wir vielleicht Gulasch machen könnten, wenn sie uns erklärte, wie es gemacht werden müsste.

»Wir können es ja versuchen«, sagte Britta. »Wenn es kein Gulasch wird, wird es wohl was anderes.«

Aber es wurde Gulasch. Und jetzt weiß ich, wie man Gulasch macht. Das brauche ich also nicht mehr zu lernen, wenn ich groß bin. Fräulein Lundgren fragte, ob wir das Gulasch nicht probieren wollten, und es schmeckte gut. Danach wusch Britta ab und Inga und ich trockneten ab. Lasse, Bosse und Ole saßen neben Fräulein Lundgrens Bücherregal und lasen die ganze Zeit, denn Jungen tun ja nie etwas Nützliches. Wir blieben so lange bei Fräulein Lundgren, wie die Schule gedauert hätte. Wir fragten sie, ob sie auch am nächsten Tag krank sein werde. Sie sagte Ja. Da fragten wir, ob wir wiederkommen und ihr helfen dürften. Sie sagte, darüber würde sie sich freuen.

Als Britta, Inga und ich am nächsten Morgen kamen, lag Fräulein Lundgren im Bett, das nicht gemacht war, und wollte gern Haferbrei essen. Die Ärmste! Wir brachten sie gemeinsam in den Schaukelstuhl und machten ihr Bett so glatt und schön, dass sie sagte, sie läge wie eine Prinzessin, als sie wieder darin lag. Dann kochten wir ihr Haferbrei und hinterher bekam sie Kaffee und frisch gebackene Brötchen, die ich von zu Hause mitgebracht hatte. Sie sagte, wenn man so gepflegt würde, wäre es richtig schön, krank zu sein.

Leider war sie am nächsten Tag wieder ganz gesund. Sonst hätten wir noch mehr Gerichte kochen gelernt.

Im Herbst und Winter ist es dunkel, wenn wir morgens von

zu Hause fortgehen, und dunkel, wenn wir nachmittags zurückgehen. Es wäre schrecklich langweilig, den ganzen langen Weg allein im Dunkeln zu gehen, aber da wir sechs sind, ist es nur lustig. Wir müssen fast die ganze Zeit durch Wald gehen und Lasse versucht immer, uns einzureden, dass der Wald voll von Kobolden und Riesen und Hexen sei. Das ist er vielleicht auch. Wir haben nur noch keine gesehen.

Manchmal blinken die Sterne am Himmel, wenn wir nach Hause gehen. Lasse sagt, es wären zweieinhalb Millionen und vierundfünfzig Sterne am Himmel, und er sagt, er kenne den Namen von jedem Stern. Aber ich glaube, das sagt er nur so, denn einmal fragte ich ihn nach dem Namen eines Sterns und da sagte er, er hieße Großfeinstern. Am nächsten Tag, als wir von der Schule nach Hause gingen, fragte ich ihn nach demselben Stern. Und da sagte er, er hieße Königinnenkrone.

»Aber gestern hast du doch gesagt, er heißt Großfeinstern«, sagte ich.

Da sagte Lasse: »Nein, das war nicht dieser Stern. Der Großfeinstern ist heute Nacht heruntergefallen. Dieser da heißt Königinnenkrone. Darauf kannst du dich verlassen.«

Manchmal singen wir, wenn wir von der Schule nach Hause gehen. »Weißt du, wie viel Sterne stehen« und andere Lieder, die wir in der Schule gelernt haben. Wenn jemand uns hörte, würde er nicht wissen, wer singt. Denn es ist so dunkel, dass er nicht sehen kann, dass es nur wir Kinder aus Bullerbü sind, die durch die Dunkelheit gehen und singen.

Als wir uns verkleideten

Eines Abends im Herbst waren alle Eltern von Bullerbü beim Kaufmann in Storbü eingeladen. Nur wir Kinder waren zu Hause. Und Großvater. Und Agda. Ich blinkte mit meiner Taschenlampe dreimal aus dem Fenster zu Britta und Inga hinüber. Das bedeutete: »Kommt sofort her! Ich muss euch was erzählen!«

Es dauerte nicht lange, bis ich sie die Treppe heraufkommen hörte. Aber ich hatte ihnen eigentlich gar nichts zu erzählen. Ich fand nur, wir müssten uns irgendetwas Lustiges ausdenken. Erst besahen wir alle meine Oblaten und spielten eine Weile Mensch- ärgere-dich-nicht. Dann fiel uns ein, dass wir zu Agda hinuntergehen und uns mit ihr unterhalten könnten.

Und da kam Inga auf einen guten Einfall. Sie schlug vor, wir wollten uns verkleiden, sodass Agda uns nicht erkennen könnte. Jetzt hatten wir es aber eilig! Auf dem Boden hängen viele Kleider von Papa und Mama. Britta sagte, sie wolle sich als Herr verkleiden. Sie zog Papas gestreifte Hose und eine braune Jacke an und setzte Papas steifen Hut auf. Die Hosenbeine waren natürlich zu lang; sie musste sie mit Sicherheitsnadeln feststecken und die Ärmel musste sie aufkrempeln. Schließlich malte sie sich mit einem Korken, den wir rußig gemacht hatten, Schnurrbart und Backenbart. Sie sah aus wie ein komischer kleiner Mann und Inga und ich lachten so über sie, dass wir fast nicht in die Kleider kamen. Ich zog Mamas schwarzen Rock an und eine geblümte Bluse und setzte schließlich einen schwarzen Hut mit Schleier auf. Als ich den Schleier herunterließ, konnten Britta und Inga mich nicht erkennen. Inga wollte auch einen Hut mit Schleier aufsetzen, aber wir konnten weder einen Hut noch einen Schleier finden und da band sie sich ein Kopftuch um. Sie hatte einen langen Rock und eine Jacke an.

Lasse und Bosse waren drüben bei Ole, sodass wir die Treppe hinunterkamen, ohne dass uns jemand sah.

Wir schlichen uns zur Haustür hinaus, gingen nach hinten an die Küchentür und klopften an. Wir klopften sehr laut.

»Wer ist da?«, fragte Agda von drinnen und es klang, als ob sie Angst hätte.

Erst wussten wir nicht, was wir antworten sollten, aber dann sagte Britta mit ganz tiefer Stimme: »Fremde Wanderer!«

»Sie können nicht hereinkommen, hier ist keiner zu Hause«, sagte Agda.

»Wir *wollen* aber hinein«, riefen wir und hämmerten gegen die Tür. Aber da mussten wir lachen. Ich versuchte erst, ganz leise zu lachen, aber dann gluckste es vor Lachen aus mir heraus und ich glaube, Agda muss es doch wohl gehört haben. Sie öffnete die Tür vorsichtig einen Spalt weit und wir benutzten die Gelegenheit und zwängten uns hinein.

»Nein, so etwas habe ich noch nie gesehen«, sagte Agda. »Was kommen denn da für feine Leute zu Besuch?«

»Ich heiße Herr Karlsson«, sagte Britta. »Und das hier sind meine Frauen.«

»Sie haben wirklich sehr schöne Frauen, Herr Karlsson«, sagte Agda. »Und noch dazu zwei. Darf ich die Herrschaften zu einem Glas Saft einladen?«

Das durfte sie natürlich.

Wir tranken Saft und spielten, dass wir erwachsen wären, und es ging viel besser als sonst, weil wir jetzt »erwachsene Kleider« anhatten.

Dann kamen wir auf den Einfall, zum Südhof hinüberzugehen und uns den Jungen zu zeigen.

Die Haustür war nicht verschlossen, sodass wir einfach hineingehen konnten.

Als wir die Treppe zu Oles Zimmer hinaufstiegen, stolperte Inga über ihren langen Rock und es gab einen gewaltigen Lärm. Ole öffnete seine Tür, um zu sehen, was los wäre. Und er erschrak doch so sehr, dass er zurücksprang, als er uns sah. Es war ja dunkel draußen auf dem Dachboden und aus der offenen Tür fiel nur ein klein wenig Licht, sodass er wohl glaubte, dort ständen drei Gespenster an der Treppe.

Als Lasse sah, dass wir uns verkleidet hatten, wollte er sich auch verkleiden, und da wollten Bosse und Ole es natürlich auch. Lasse zog ein Kleid von Oles Mutter an und ein Paar Schuhe mit hohen Absätzen. Bosse und Ole zogen Männersachen an. Lasse sprang herum, wedelte mit den Armen und sagte mit piepsender Stimme:

»Wie machen Sie es nur, dass Ihre Pfefferkuchen so gut schmecken, meine Dame? Kann ich nicht das Rezept bekommen?«

Er glaubt, dass erwachsene Damen so sprechen.

Dann besuchten wir alle Großvater und erzählten ihm, dass wir uns verkleidet hätten. Er konnte es ja leider nicht selbst sehen. Aber wir spielten ihm Theater vor, ein Theaterstück, das wir uns selber ausdachten. Lasse spielte eine giftige Tante. Nein, wie haben wir über ihn gelacht! Großvater lachte auch, obwohl er nicht sehen konnte, sondern nur hören.

Der große Schneesturm

Jetzt will ich von dem großen Schneesturm erzählen, den wir kurz vor Weihnachten hatten. Es war der schlimmste Schneesturm, den Papa erlebt hat, sagte er.

Von Anfang Dezember an sagte Lasse jeden Tag, wenn wir in die Schule gingen:

»Passt auf, es gibt keinen Schnee zu Weihnachten.«

Ich wurde jedes Mal ganz traurig, wenn er das sagte, denn ich wollte so gern, dass Weihnachten Schnee läge. Ein Tag nach dem andern verging, ohne dass auch nur die kleinste Schneeflocke fiel. Aber gerade in der Weihnachtswoche, als wir in der Schule saßen und rechneten, rief Bosse plötzlich:

»Guckt mal! Es schneit!«

Und es schneite wirklich. Wir freuten uns so, dass wir alle »Hurra« riefen. Und Fräulein Lundgren sagte, wir sollten alle aufstehen und singen: »Schneeflöckchen, Weißröckchen, nun kommst du geschneit.«

Als wir in der Pause hinausgingen, lag im Schulhof eine dünne weiße Schneeschicht. Wir liefen in einer langen Reihe hintereinander und trampelten eine große Acht in den Schnee. So liefen wir die ganze Pause über im Schnee herum und riefen und schrien vor lauter Freude.

Nur Lasse sagte: »Ja, aber mehr Schnee als diesen gibt es bestimmt nicht.«

Als wir am nächsten Tag in die Schule gingen, war aber jedenfalls schon so viel Schnee gefallen, dass wir richtig hindurchstapfen mussten, denn es schneite immer noch. Aber Lasse sagte:

»Mehr Schnee als diesen hier gibt es bestimmt nicht, und der kann noch bis Weihnachten wegschmelzen.«

Er sollte sich wundern. Als wir gerade in der Schule angelangt waren, begann es noch viel stärker zu schneien. Es schneite so, dass es ganz weiß war vorm Fenster. Man konnte nicht einmal quer über den Schulhof sehen. Es schneite und schneite. Und dann wurde es auch windig. Es stürmte und schneite und schneite und stürmte. Fräulein Lundgren wurde schließlich unruhig und sagte:

»Ich weiß wirklich nicht, wie ihr Kinder aus Bullerbü heute nach Hause kommen sollt.«

Sie fragte, ob wir nicht bei ihr übernachten wollten, und das hätten wir eigentlich sehr gern getan. Aber wir wussten, dass alle in Bullerbü sich Sorgen machen würden, wenn wir nicht nach Hause kämen. Wir sagten also, es ginge wohl nicht, dass wir hierblieben, und da sagte Fräulein Lundgren, dann sollten wir lieber gleich nach Hause gehen, bevor es dunkel würde.

Es war ein Uhr, als wir von der Schule fortgingen. Nein, waren das Schneewehen! Und wie es stürmte! Wir mussten uns beim Gehen richtig zusammenducken.

»Na, hast du jetzt bald genug Schnee?«, sagte Britta ärgerlich zu Lasse.

»Noch ist nicht Weihnachten«, sagte Lasse.

Aber wir konnten beinahe nicht hören, was wir selber sagten, so stürmte es. Wir gingen und gingen und gingen. Wir hielten uns alle an den Händen, um uns nicht zu verlieren. Der Schnee reichte mir bis über die Knie, und da kommt man nicht schnell vorwärts, kann ich euch versichern. Der Sturm durchpustete uns, bis wir froren, dass wir unsere Zehen und Finger und Nasen nicht mehr fühlen konnten. Schließlich waren meine Beine so müde, dass ich zu Lasse sagte, ich wollte mich etwas ausruhen.

»Kommt nicht in Frage«, sagte Lasse.

Inga war auch müde und wollte sich ausruhen. Aber Lasse sagte, das dürften wir nicht, das wäre gefährlich. Da fingen Inga und ich an zu weinen. Denn wir glaubten nicht, dass wir jemals wieder heim nach Bullerbü kommen würden. Wir hatten noch nicht einmal den halben Weg hinter uns. Aber plötzlich sagte Ole:

»Wir gehen zum Schuhmacher hinein. Er kann uns ja nicht den Kopf abreißen.«

Inga und ich wollten zum Schuhmacher, auch wenn er uns den Kopf abreißen würde. Es stürmte so heftig, dass wir geradezu durch die Tür des Schuhmachers in seine Werkstatt hineingeweht wurden. Er war nicht gerade erfreut, als er uns sah.

»Was haben Kinder bei solch einem Wetter draußen zu suchen?«, fragte er.

Wir wagten nicht zu sagen, dass nicht solches Wetter gewesen sei, als wir von zu Hause fortgingen. Wir zogen unsere Mäntel aus und setzten uns und sahen zu, wie er Schuhe flickte. Wir waren sehr hungrig, aber das wagten wir auch nicht zu sagen. Der Schuhmacher kochte sich Kaffee und aß Butterbrot dazu, aber uns bot er nichts an. Da war es doch wirklich anders gewesen, als wir bei dem Gewitter zu Kristin ins Waldhaus gegangen waren.

Als es dunkel wurde, ließen der Wind und das Schneetreiben nach, aber der Schnee lag so hoch, dass wir nicht wussten, wie wir heimkommen sollten. Oh, wie ich mich nach Bullerbü, nach Mama und meinem Bett sehnte!

Auf einmal hörten wir draußen Glockengeläut. Wir liefen sofort ans Fenster und sahen hinaus. Und da kam Papa mit dem

Schneepflug gefahren. Wir öffneten die Tür und riefen ihn, obwohl der Schuhmacher sagte:

»Lasst keine Kälte rein!«

Papa freute sich sehr, als er uns sah. Er rief uns zu, er wolle nur den Weg bis Storbü von Schnee frei machen, dann würde er zurückkommen und uns holen.

Das tat er auch. Inga und ich durften auf dem Schneepflug sitzen, die anderen gingen hinterdrein. Jetzt, da der Schnee beiseite gepflügt war, war es ja nicht schwer.

Als wir heimkamen, stand Mama am Küchenfenster und spähte unruhig nach uns aus. Lasse, Bosse und ich bekamen heiße Fleischbrühe mit Mehlklößen, und das war das Beste, was ich je gegessen habe. Ich aß drei Teller voll.

Gleich nach dem Essen ging ich ins Bett. Es war herrlich. Mama sagte, sie habe das Gefühl gehabt, dass Papa mit dem Schneepflug fahren solle. Denn sie war überzeugt gewesen, er würde uns irgendwo unterwegs finden. Ein Glück, dass sie das Gefühl gehabt hatte! Sonst hätten wir wohl die ganze Nacht bei dem Schuhmacher sitzen müssen.

Bald ist Weihnachten

Am nächsten Tag schien die Sonne und der Schnee lag weiß und schön auf allen Bäumen. Es war der letzte Schultag vor Weihnachten.

Fräulein Lundgren sagte, sie habe die ganze Nacht kein Auge zugetan. Sie habe wach gelegen und sich Sorgen gemacht, wie wir wohl bei dem Schnee durchgekommen wären.

Weil es der letzte Schultag vor Weihnachten war, las sie uns eine Weihnachtsgeschichte vor. Alles war irgendwie besonders an diesem Tag. Und gerade als wir gehen wollten, kam das Beste von allem.

Fräulein Lundgren hatte nach Stockholm geschrieben und Märchenbücher für uns bestellt. Wir hatten einen großen Bogen Papier gesehen, und darauf waren viele schöne Bilder, die die Umschläge von verschiedenen Märchenbüchern darstellten. Und danach konnten wir aussuchen, welche Bücher wir kaufen wollten. Ich hatte zwei bestellt. Lasse und Bosse hatten auch zwei bestellt. Auf meinen Büchern waren außen schöne Prinzen und Prinzessinnen abgebildet.

Und gerade an unserm letzten Schultag hatte Fräulein Lundgren die Bücher bekommen. Sie ging herum und verteilte sie. Ich konnte es fast nicht erwarten, bis ich meine bekam. Aber

Mama hatte gesagt, wir dürften sie nicht vor dem Weihnachtsabend lesen.

Ehe wir nach Hause gingen, sangen wir all die Weihnachtslieder, die wir konnten, und Fräulein Lundgren wünschte uns fröhliche Weihnachten.

Britta, Inga und ich liefen zum Kaufmann, um rotes, gelbes, grünes, weißes und blaues Glanzpapier zu kaufen, aus dem wir Körbchen machen wollten, die an den Weihnachtsbaum gehängt wurden. Dann gingen wir nach Hause. Alles war weiß und schön.

Während wir gingen, holte Britta ihr Märchenbuch hervor und roch daran. Und dann rochen wir alle daran. Neue Bücher riechen so gut – man kann am Geruch förmlich merken, wie schön es sein wird, sie zu lesen.

Dann fing Britta an zu lesen. Ihre Mama hatte auch gesagt, die Bücher sollten bis zum Weihnachtsabend aufgehoben werden. Aber Britta sagte, sie wolle nur ein ganz kleines bisschen lesen. Nachdem sie ein ganz kleines bisschen vorgelesen hatte, fanden wir es alle so spannend, dass wir sagten, sie solle ruhig noch etwas mehr lesen. Sie las noch ein Stückchen, aber das nützte nichts, denn als sie das nächste kleine Stück gelesen hatte, war es noch immer genauso spannend.

»Ich *muss* wissen, ob der Prinz verzaubert wird oder nicht«, sagte Lasse.

Und da musste sie noch ein kleines Stück lesen. So ging es weiter. Als wir nach Bullerbü kamen, hatte Britta uns das ganze Buch vorgelesen. Aber sie sagte, das schade nichts, denn sie könne es am Weihnachtsabend noch mal lesen.

Zu Hause bei uns stopften Mama und Agda Weihnachtswürste und es war überall sehr unordentlich. Nachdem Lasse, Bosse und ich gegessen hatten, gingen wir hinaus und bauten eine große Schneelaterne im Garten. Britta, Inga und Ole kamen herüber und halfen uns.

In der Linde saßen viele Spatzen und Dompfaffen und Kohlmeisen. Sie sahen so hungrig aus, dass ich ins Haus lief und Papa fragte, ob wir die Weihnachtsgarben nicht schon jetzt aufstellen könnten. Das dürften wir gern tun, sagte Papa. Wir liefen alle in die Scheune und holten fünf Hafergarben, die wir beim Dreschen als Weihnachtsgarben aufgehoben hatten. Die stellten wir in den Apfelbäumen in unserem Garten auf und es dauerte nicht lange, bis alle Vögel darin saßen und futterten. Sie glaubten wohl, es wäre schon Heiligabend. Es sah so hübsch aus mit den Weihnachtsgarben und dem Schnee.

Am Abend saßen Britta, Inga und ich bei Großvater und machten Weihnachtskörbchen. Die Jungen waren auch da. Zuerst wollten sie gar nicht bei dem Tannenbaumschmuck helfen, aber nach kurzer Zeit konnten sie es doch nicht bleiben lassen. Wir saßen alle um Großvaters runden Tisch und wir machten vierundfünfzig Weihnachtskörbchen, die wir gleichmäßig verteilten, sodass der Nordhof achtzehn Körbchen bekam, der Mittelhof achtzehn und der Südhof achtzehn. Großvater bot uns Äpfel und Kandiszucker an. Ich dachte die ganze Zeit daran, dass wir am nächsten Tag Pfefferkuchen backen würden. Das war fast so lustig wie der Heiligabend.

Plötzlich lief Lasse in den Garten und steckte das Licht an, das wir in die Schneelaterne gestellt hatten. Wie schön das im Dunkeln leuchtete! Ich musste immerfort an das Lied vom Weihnachtsmann denken, der vor der schneebedeckten Tür

steht, anklopft und freundlich lächelt. Genau wie die Schneelaterne zu lächeln schien.

»Armer Großvater, du kannst die Schneelaterne nicht sehen«, sagte Inga. »Sollen wir dir was vorsingen?«

Großvater hört uns gern singen. Und so sangen wir. Und wir

sangen gerade das Lied, an das ich gedacht hatte, das Lied vom Weihnachtsmann, der vor der Tür steht und anklopft.

»Findest du es nicht wunderbar, wenn Weihnachten ist?«, flüsterte Inga mir hinterher zu.

Ich sagte: »Ja, ich finde es auch. Es ist das Schönste, was ich mir denken kann.«

Wir Kinder von Bullerbü haben es Weihnachten so wunderbar schön. Wir haben es natürlich auch sonst schön, im Sommer und im Winter, im Frühling und im Herbst.

Oh, wie haben wir es schön in Bullerbü!